一個人的狗回憶
高木直子到處尋犬記

洪俞君◎譯

目次

呼~
呼~
昏昏欲睡
打呵欠
舔舔
舔

微笑
喔
喔

啾
啾
高木
直子，妳也真是的!!
我不是經常叫妳前一天就要把隔天要帶到學校的課本那些準備好嗎？
快點啦~~
慢吞吞
慢吞吞
數學……
社會……
體育……
我去上學了!!
路上小心
啪搭
啪搭
這是小學5年級時的我……
早~
早~
全都到齊了吧？
從家裡到學校走路約10分鐘
哈哈哈
路上小心喔
每天早上和附近的小朋友一起排路隊上學

噹～
噹～
噹～
五年二班
那好～麼～
亂哄哄
亂哄哄
知道這三角形面積是多少的人請舉手
8cm
10cm
我～
我～
嘿嘿嘿……
你松本，來回答！
我～
老實說我並不喜歡讀書
很好
40 cm²
底邊×高÷2
公式
30×15÷2
呵呵呵……
有一天下課時間……
今天的營養午餐是甚麼啊……
我們躲避球來玩吧
好啊～
哈哈哈
呆～
唱卡拉OK得好好樂喔
當然有啊
妳昨天有沒有看全曲榜？

我記得是咕咾肉和咖啡凍……
嘿嘿嘿……
亂哄哄
吵吵
嚷嚷
噫？
有一隻狗闖進教室裡來!!
哇哈哈
哇～♥
好可愛喔
在昭和時代，狗跑進校園裡是很稀鬆平常的事……
啊，校園裡有一隻狗！
嘿
嘿
但很少會進到教室裡，因此轟動全班。
這隻狗是從哪裡來的？
牠自己跑進來的啊
讓我摸一下嘛
看來還很小耶！
牠有點受傷耶！
嚷嚷
吵吵
會不會是野狗啊？
我看我們全班一起來養這隻狗好了！
亂哄哄
……
哇～好主意耶!!
全班一起養？
我好怕是狗耶
吵吵
嚷嚷

這樣的話，班上就要排值日生，
大家輪流負責餵狗……
這星期負責餵狗的人
來吃飯吧！
我們的班狗
遛狗……
負責遛狗的人
哇哈哈
哇哈哈
這麼一來，
一定很有趣……
噹噹噹
當我沉醉在一片幻想中時…
呆～
老師出現了!!
教室裡
怎麼會有狗!?
是誰把狗
帶進教室裡的!?
是…
是伊藤。
才不是呢，
是牠自己走進來的。
很快地那隻狗就被趕出去了
再見～
丟

教室又恢復平靜，開始上課。
生活與倫理
忍耐
人最重要的是學會忍耐
全班一起養狗這件事，果然行不通……
呆～
想想也是
下一節課是體育
嘿咻
聽說今天是在禮堂上籃球課
因為下雨
就在往禮堂的路上
我很不喜歡上籃球～
運球好難喔
嗯……我也是……
球類運動全都不行
噫？
啊，剛才的那隻狗……

盯~
……
嗒~ 嗒~
啊，要上課了！
大家一起做暖身操！預備…起!!
一二~三四~
十歲的我……
不知為何……
五~六~七~八~
我直覺到那隻狗是我的真命天狗

狗不見了

放學時——
噹～
噹～
我找了找剛才那隻狗，可是沒找到……
噫…
不見了……
張望
四下
哇
掰掰～
再見～
請注意～
八百六十三
劈哩
啪啦
啪啦
上完珠算課後又繼續找……
回來了啊
嗯～……
第2天…第3天……
那隻狗都沒再出現
奇怪了……
也沒到學校來…
哇哈哈
妳在發甚麼呆呀？

啊，嗯～上次不是有一隻狗跑到教室裡來嗎？
對啊～
我在想那隻狗不知道跑去哪裡了？
那隻狗經常待在我們家附近
真的!?
那同學的家位於一處國宅社區
30
31
25
26
林立～～
我決定放學後騎腳踏車去看看
在這裡真的可以找到那隻狗嗎？
咻～
跟我來！
嗯：：哇喔～
妳看，就在那裡！
!!
真的是那隻狗沒錯耶～
牠經常在這附近晃來晃去

瘦
噫…牠好像比上次看到的時候瘦一點，身上也多了些傷……
……
嗯……有一群男生經常欺負牠……
真的!?
前幾天牠被幾個男生封在紙箱裡，踢來踢去。
哎喲~
嘿
汪汪
哇哈哈
砰
砰
還被從樓梯上丟下去
哇哈哈
汪汪
滾
滾
抱
我…我要把牠帶回去養!!
真的!?
突然帶一隻狗回家，妳們家的人不會反對嗎？
嗯，不會反對的!! 那這隻狗我就帶走囉!!
不過，如果妳們能收養的話，那就太好了。
放
說完，我把狗放車籃裡……
啊~!!
快點
用最快的速度衝回家，免得被那群壞孩子發現。
喀啦
喀啦

看來是隻
混種狗……

可是毛色
有點像
柯基犬♡

把狗帶回家

就這樣，我把狗帶回家……
呼~
嘰
怎麼辦……真的把狗帶回家了……
呼~
我想爸媽一定會說
直子…這隻狗是從哪裡來的？
妳打算怎麼辦？
我想把牠留下來養……
說是這麼說，妳有辦法照顧嗎!?
妳連自己都照顧不了了
現在就把牠帶回去還給人家!!
這類的話……
不過……大概不會有問題……
我回來了~
嘎啦
另一方面，我也有我的如意算盤。
基本上我們家對很多事很快就大而化之
我怎麼想不起來了
啊~我懶得管了
呆
全家都是不拘小節的O型

一開始雖然會反對，可是過些時候就會睜一隻眼閉一隻眼，那就可以把狗留下來養了!!
好吧~
呵呵呵……
這時!!
留在家裡看家的姐姐和弟弟首先發現了狗
喂，怎麼會有那隻狗？
從哪裡來的？
啊~!!
我想把牠留下來養~
妳自己亂做決定，到時被爸媽罵。
嗯……我知道……可是……
我可不管妳喔！
而且要養……
一針見血
也養一隻可愛一點的……
打擊
我……我想這隻狗如果洗乾淨了，一定會看起來更可愛。
我現在就帶牠去浴室洗一洗
甚麼？妳要幫狗洗澡!?
可是這隻狗好像不喜歡洗澡……
嘿!!你給我乖一點!!
汪
汪

狗狗被水淋濕後，更顯得瘦骨嶙峋……
汪
汪
瘦
好可憐喔……
就在這時……
啊!!
不要跑!!
汪—
衝
衝
衝
砰—
啊～
你在做甚麼!?
KUMA
滾～
滾～
嘿—
哎喲…我才剛把你洗乾淨耶…
變得比剛才更髒了……
呼…
呼…
不弄乾淨一點，搞不好爸媽就不讓我養了。
唰
唰
……
就在我給牠喝牛奶的時候……
這可不關我的事喔
MILK
呼嚕—
呼嚕—
RIBON

爸媽相繼回到家
家裡怎麼會有狗!?
是直子帶回來的
嗯……我想也許我們家可以來養隻狗……
嘿嘿嘿……
妳說甚麼!?
不可以隨隨便便就養狗!!不可以!!
妳連自己都照顧不好了!!
狗是很可愛沒錯，可是養狗很麻煩的喔!!
啊，這不是裝菜用的盤子嗎!?
妳用這個裝牛奶給狗喝!?
這可是我心愛的盤子耶!!
直子……妳是不是幫狗洗了澡……
浴室還有浴巾全都是毛
妳是不是蹺課沒去上珠算!?
髒兮兮～
這這……
爸媽果然非常反對
碎碎念、碎碎念
不……不要緊……會有辦法的……

狗待在院子不走

最後狗被趕出去，
夜也越來越深……
第二天早上——
啾……
啾
砰～
那隻狗沒有跑到別的地方去，
而是乖乖待在院子裡。
啾……
……
早!!
來吃飯吧!!
味噌泡飯湯
哈哈哈，
食欲不錯嘛!!
你喜歡
味噌湯泡飯嗎？
乖
乖
大吃
特吃
喂!!
直子!!
嚇

我不是說過不准養狗嗎？
啊——!! 妳拿碗公裝東西給狗吃!?
啊啊……
狼吞虎嚥
啊
大家都到齊了耶
我該去上學了
等等!!
這隻狗怎麼辦啊!?
特吃 大吃
我……我回來以後再想辦法，妳不用管牠，沒關係……
我走了
如此這般……
直子也真是的～
特吃 大吃
我心裡一直掛念著那隻狗……
呆～
這些工業地帶統稱為太平洋工業帶
噹噹
趕快回家看那隻狗……
放學後趕回家一看……
衝
CARROT

狗狗還是繼續待在院子裡
還在耶!!
呆~
哈哈哈，你有沒有乖乖的啊？
要不要吃竹輪？
竹輪
咬
咬
不過，爸媽當然還是堅決反對。
妳又拿東西給狗吃了，對不對!?
我不是警告過妳了嗎？
這樣下去，牠真的會待在這裡不走！
空
竹
趕快把牠帶回去!! 聽到沒有!!
……
最後通牒終於下來了……
可是，這隻狗好可憐，被欺負來欺負去，身上到處都是傷……
嗚…
也沒甚麼東西吃，全身瘦巴巴的……
哼~
可是，我們也不能因為這樣就把牠留下來!!
這種哀兵戰術也行不通

最後終於被趕了出去
對不起
我們家還是不能養狗……
垂頭喪氣
我不想把牠放回去原來的地方，因此決定放在附近的公園，和牠告別……
再見了……
……
泣…
希望有好心人把你帶回去收養……
嘿！不要跟過來啦!!
走走走…
回去!! 回去!!
不可以啦!!
走走走…
所以牠又跟回來了
甚麼!?
嘿嘿嘿…
妳真的有把牠帶回去!?
啊～
有啊～
……
再次去
哇～
那隻狗似乎也微微察覺自己尷尬的處境

努力的狗

就這樣，在不准養狗的情況下……
啾……
啾……
那隻狗依然繼續待在院子裡
……
啾
啾
嘎啦啦……
嘎啦啦…
今天又是洗了一大堆衣服…
呼～～～
啪
啪
真是的…一下子就弄髒了…
……
走走走…
噫？

盯—
……
8:03
你說甚麼～
垃圾
哈哈哈
MILK
直子……
那隻狗怎麼還一直待在我們家……
啊
牠又不出去，而且把牠帶回去牠又跟回來……
沒辦法呀
嘿嘿嘿……
妳說甚麼!?
是妳把牠帶回來的
啊，爸爸回來了！
喀嚓

剛上完夜班
我回來了
砰
爸爸回來了
噫!?
嚇
那隻狗往這邊看……
直子……妳打算怎麼辦……
我去上學了!!
趕快溜!!
情況雖然還不樂觀……
不過這就是我的拖延戰術……
爸媽雖然碎碎念，可是還不至於親自把狗抓去丟掉……
妳打算怎麼辦?
我們家不能養狗~
大概!!
這樣一直賴著不走，最後一定會有轉機的!!
要走了~
加油喔!!
NORO
NORO

而那隻狗……
嗯
也似乎了解目前的情況……
嘎啦啦……
哎呀呀
來澆澆水吧
轉
轉
……
走走走……
噫
做……做甚麼……
你站在那裡會妨礙我……
盯～
喂，身體會淋濕，到旁邊去!!
哇～
嘎啦

快點穿鞋子!!
幼稚園的娃娃車快來了!!
快點!!
哎呀~今天就算了吧
啊~忘記戴帽子了
走走走…
趕快走吧!!
噫!?
喂!!為什麼連你也跟過來!?
不行不行
走開!!走開!!
哈哈哈
娃娃車啊~已經到了
哎喲~
快點跑!!
狗狗也很努力……
想討家人的歡心

肚子好餓喔～
咕嚕～
咕嚕～
咕嚕～

狗進到家裡來

家人全都出門以後……
家裡就只剩下那隻狗和下了夜班的爸爸……
呼 呼
微風吹拂
…
呆~
咕嚕~
微風吹拂
盯~
偷偷地~
那天傍晚——
直子，妳來一下!!
麵包

那隻狗進到家裡來
把鍋子裡的菜
全都吃光了!!
虧我油豆腐煮得那麼好吃
光
光
哎呀~
海苔
也被撕破了!!
還在走廊那裡
大便……
啊~
是我打掃乾淨的……
晚報
辭職!!
每日時報
股市
百貨公司
你怎麼可以
這樣~
你、你……
搖
搖
嗝……
這下子那隻狗的立場
更是難堪了……
真是的~
偷偷
摸摸
海苔
但牠還是繼續賴在我們家不走
盯
啾……
啾……
啪
啪

喂喂
嚇
你在那裡
我不好做事
請走開，好不好？
哎喲～
絲襪會破掉啦～
……
心情愉快
爸爸的一大樂趣……
啵
……幹甚麼
盯～
沙沙
你肚子餓了，是嗎？
……
好吧……分你一點吧～
丟
這已經算是在養牠了吧？
太好了……
就在我打著如意算盤時，意外發生了。

每天纏著家人的那隻狗……
哇哈哈
別這樣啦
我去上學了~
有一天興致太高……
噠噠
……噫?
昨天~
竟然跑過來跟在小學路隊後面
跑跑
哇~!!
趕也趕不回去，一直跟上來……
不要跟過來啦!!
回去回去~
要遲到了
哈哈哈
就在這時
你看那隻狗~
喔，好久不見了嘛!
虐待狗狗的那群男生之一出現了!!
BARI BARI
把牠帶走吧!
哎呀呀
哈哈哈
那隻狗就這樣被帶走了

狗失蹤了

開始上課以後……
噹
噹…
我一想到
那隻被帶走的狗，
就無法專心聽課……
不知道
牠是不是
平安脫逃
回到家裡了……
瓊斯往東走
史密斯往西
布朗往北
放學後
連忙跑回家
趕快
去看看!!
喀嚓
院子裡
沒有狗狗的身影
靜——悄悄…
呼…
呼…
接著又到附近去找……
狗狗～
狗狗～
那隻狗
沒回來嗎？
嗯…
電車
珠算
結果還是沒找到……

傍晚——
直子!!
妳又沒去上珠算課了，是不是!?
出席記錄簿
高木直子
上面沒有蓋章喔
珠算
狗不見了，她跑去找了。
甚麼!?
呆～
珠算
嗶
嗶
我回來了～
喀嚓
今日是上日班
啊，爸爸!!
爸爸回來了
……噫，今天怎麼
靜悄悄
沒看到那隻狗？
狗不見了!!
爸爸～跟我玩嘛～
不見了!?
甚麼!?
……
……
就這樣過了一夜……

到了第二天
啾…
啾…
喀嚓…
今天是早班
……
還沒回來啊……
啾…
啾…
時間馬上要進入7點50分
叮鈴~
7:49
直子妳又到早上才在準備東西!?
啊~牛奶打翻了!!
潑~
氣死我了~
嘎啦
靜悄悄…
……
啪
啪

那隻狗還是沒回來
嘎~
嘎~
那隻狗怎麼真的不見了？…
給我一點魷魚絲
……
……
大概是被哪個好心人給帶回家去了
應該會比待在我們家幸福
那隻狗…
應該還在那附近…
這樣也很好啊
我怕碰到那些壞孩子…
遲遲不敢去找…
說不定那隻狗又在受虐待了!!
我下定決心去把狗狗接回來!!

想再把狗帶回家

第二天，在學校…
真的!?
嗯，昨天在我們家附近看到的，我想一定是那隻狗沒錯。
希望
有誰要玩躲避球!?
果…果然在那裡!!
也得到目擊線索!!
那隻狗本來待在我們家，後來跑出去就沒回來…
我想去把牠帶回來，不好意思，妳可不可以陪我一起去？
緊抓
可以啊…
於是，放學後便騎腳踏車去接狗狗…
……
嘰嘎
跟我來
我昨天看到牠被幾個男生帶到這裡…
我想應該還在附近…
啊!!
哈哈哈
在那裡
找到了♡

啊~可是牠被用繩子拴起來了!!
怎…怎麼辦~
放心!!我去幫妳帶過來!!
妳等一下!!
說完，朋友就去解開狗狗脖子上的繩子……
快跑
把狗帶回來給我
我把牠帶過來了!!
哇~好感謝妳喔!!
那隻狗看到我的時候……
「啊!!」
似乎一臉驚訝……
哎呀！身上好像又多了些傷~
大概是又被虐待的吧~
也瘦了!!
以後我會小心不讓你亂跑~
放
這隻狗狗就交給妳了~
掰掰~

我把狗放進車籃裡，
跨上腳踏車全速往前衝……
嘰嘎
嘰嘎
咻——
總算順利把狗搶回來……
喘……
喘……
就這樣，
那隻狗又回到這院子。
到家囉!!
你肚子餓了吧？
我煮了一碗麵
要給你喔～
嘎啦
哈哈哈
食欲旺盛!!
嘿！
碗會弄倒喔！
虎嚥
狼吞
大吃
到了晚上——
噫!?

那隻狗
怎麼又回來了？
嗯…嗯
大概還是
喜歡我們家吧
嘿嘿嘿…
喔…
…
爸媽都沒說甚麼……
家裡又重新開始
院子裡有狗的生活
啾…
啾…
嗯~為了不讓你
隨便跑到外面，
看來還是應該
拿條繩子把你
拴起來…
悄悄…
?
塑膠繩
……直子
嚇
用那種繩子，
狗狗太可憐了。
脖子會被勒緊…
掙扎
掙扎

說完，爸爸就去買了狗狗專用的項圈和鍊子。
五金百貨大賣場
ONE
直子……妳要弄飯給狗吃的時候，就拿這個裝吧。
不可以用我們的餐具!!
舊鍋子
……那妳打算怎麼辦？
卸任!!
甚麼事？
那隻狗的名字……
就叫泡泡好了
不加思索隨便說
因此……
命名
泡泡
那隻狗終於變成我們家的一員

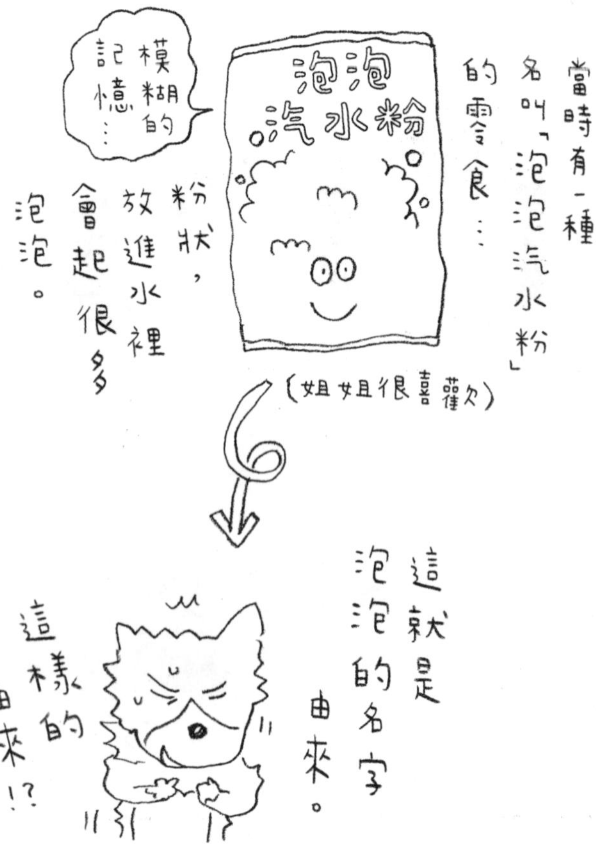

當時有一種名叫「泡泡汽水粉」的零食……
泡泡汽水粉
（姐姐很喜歡）
模糊的記憶……
粉狀，放進水裡會起很多泡泡。
這就是泡泡的名字由來。
這樣的由來!?

終於定居下來

泡泡從此定居在我們家的院子……
牠以前是過著怎樣的生活呢？
剛好有一個木箱，就拿來充當狗屋。
一定是經常餓肚子……
嘎～
垃圾
沙
沙
咕嚕～
懼怕那些壞孩子……
嗦嗦……
哆哆
夜晚在街道上四處徘徊……
步履
蹣跚
牠叫莉莉
哇喔～
好可愛喔～
汪汪
……
歷經許多心酸和孤寂
盯～
汪汪

如今泡泡成功坐上我家
家犬的寶座……
餵狗的任務
就由我和姐姐、媽媽3人
每天輪流負責
媽媽
是直子撿回來的狗，
為什麼我也得……
姐姐
耶～
我
3天1輪♪
我們試過給牠吃一般的狗飼料，
可是牠好像不怎麼喜歡……
吃飯了
……
ㄎㄨㄥ
所以牠大多是吃剩下的
味噌湯泡飯
今天的值日生
大～吃
特吃
大吃
特吃
我們幾個小孩有時興起
也會帶牠出去散步……
可是一時的心血來潮
根本靠不住……
我們去公園走走吧
apple
所以遛狗基本上
是由爸爸負責
真是的

泡泡看似稱心地過了些日子……
呆~
但也許是當流浪狗那時的舊性復發……
閃~~~
啊啊啊~!!
我把垃圾暫時放這裡，就被泡泡弄成這樣!!
也只不過一下子而已!!
……
撲鼻……
啊~我的拖鞋也被泡泡咬壞了!!
才剛買的耶!!
一些壞毛病也開始出現了
~~~~~!!
……
佯裝不知
~~~~~

加上爸爸買回來的項圈有點大……
有一天，泡泡竟然輕鬆脫逃……
啊～泡泡不見了!!
脫落
泡泡!! 泡泡!!
你在哪裡～!?
啊!! 在那裡!!
泡泡!! 回來!!
啊，跑掉了!!
快跑
打擊
泡泡!! 不要跑!!
你為什麼要逃跑～!?
儘管我在後面拚命追，泡泡還是繼續往前逃……
噠
噠

最後穿過住宅區，來到一片稻田……
呼……
呼……
看到跑在田埂上的泡泡臉上是那麼開心……
心花怒放
讓我有點錯愕……
怎……怎麼了……
你不是想讓人家養在家裡嗎……
呼
呼
而泡泡似乎完全記住這附近的路……
舒暢愉快
大約1個小時以後，就自己回到家。
黏了很多鬼針草
怎麼!? 你不是覺得當流浪狗比較好嗎!?
嗚……
哼
家犬的生活固然不錯，但泡泡還是忘不了不受拘束的自由滋味。

泡泡逃跑時的得意表情
啊！泡泡!!回來!!
衝衝衝
ㄚ
ㄚ

被調教的狗

依然黏人又愛撒嬌的泡泡……
咯吱
咯吱
……
有一回竟然完全變了個樣
喀嚓
話說……
有一天家裡來了客人
哎呀哎呀…
泡泡!!
汪
汪
汪
汪
真是對不起~
汪
汪
汪
汪
隔壁太太只不過是拿傳閱板來而已!!
泡泡!!
不會啦
傳閱板
守望相助會
不知道是以前被虐待時那種對人類的戒心還未消失
還是變成我們家的狗以後，身為看門狗的自我意識開始萌芽……
嗚嗚
泡泡對進入自己地盤的陌生人存有高度警戒心
……不要再叫了
砰★

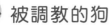

對了，你現在已經變成家犬了
應該來學個把戲
聽好喔，如果我跟你說「握手」，你就要像這樣把手伸出來放在我的手上。
……
聽到我說「握手」你就這樣!!
聽到我說「握手」你就這樣!!
好泡泡，握手!!
咻
………唉
……
張口發呆
不可能一下子就學會的吧？
於是，接連幾天都對泡泡進行「握手」的特別訓練……
聽到我說「握手」你就這樣!!
聽到我說「握手」你就這樣!!
記住了嗎!?
「握手」來，這樣!!
來，握手!!
握手……
呼……
躺～
但泡泡似乎一點也沒學會…
妳還是搔搔我的肚子吧…

剩下一點竹輪，給你吃吧!?
剩下的下酒菜
!!
嘎啦啦……
嗯~……
泡泡!!
咯吱
咯吱
微動
接住
哇喔~!!
跳
嘿~!!
拋~~
唰
泡泡你很厲害嘛!!
接跳特技!!
嘶
你甚麼時候學會這種特技!?
幾乎是整個吞下去
之後……
好好吃……
舔
舔

儘管大家都沒辦法讓泡泡學會「握手」的動作……
來 握手!! 泡泡把手伸出來!!
不是伸舌頭啦!!
我放棄~
不過泡泡忠實盡到看門的職責……
直子~
汪
汪
汪
我朋友到家裡來玩啦!!
她經常來，你不記得嗎？
此外……
泡泡，剩下一點魚板，給你吧！
嘎啦
汪!!
嘿~
拋
咻
糟糕!! 好像丟歪了!?
哇喔!!
跳躍接東西的技巧越來越精進，已經達到藝術的境界!!
10.00
不過會接的東西只限食物而已
泡泡
也試過丟球給泡泡接，可是牠根本理都不理…
不理不睬
砰~~

後來又有一天
喀嚓…
微動…
嗚嗚～
嘎嘎
嗚嗚
汪
汪
直子!!
我不是跟你說過她是我朋友嗎!?
泡泡!!
你怎麼都不會認人!?
這天拿100日圓和朋友到附近的糖果店
嘿嘿嘿嘿買甚麼好呢♥
冰棒一定不能少!!
嗯～…買30圓的冰棒好呢？還是50圓的？
買巧克力好呢？還是口香糖？
就買30日圓的，還可以買很多其他的零食…
儘管一直猶豫不決，但通常都會是這種組合。
50日圓的冰棒
一定是買那種有再來一支的
青蘋果冰棒
再來一支
20日圓的零食
呱太郎
醬汁口味
10日圓的零食 ×3
汽水片
口香糖
小果凍
哎呀，好像沒有再來一支……
我的也好像沒有……
真的很難中耶…

嘿～
要不要玩跳橡皮圈？
這是女孩子們很喜歡的一種遊戲
加油～
接下來
是雙叉!!
脫鞋子比較好跳
有很多種玩法和跳法……
拉直ー
破洞
啊!!
出局！換人了!!
嗚嗚……
哈哈哈
我笨手笨腳的，不太會玩
再見～
掰掰～
嘎ー
嘎ー
喀嚓
呼～
嗅嗅
盯
噫
我剩下一些零食，分你一點吧～
丟
張口

過了幾天……
喀嚓
啪達啪達
微動
我回來了!!
我出去了!!
今天是我每個月期待的漫畫雜誌發售日
森茂書店
雜誌 文具
月刊RURARA
10大贈品
繪本
很多漫畫雜誌都在這天發售
書店裡有很多焦急等待雜誌到來的小朋友
來來，漫畫到了喔!!
我超愛看漫畫……
RURARA
哇
雜誌買回來以後，接著看上一期的連載是我的幸福時光
嘿嘿嘿……
贈品
RURARA
喂!!
直子!!
啊!!

妳去上珠算課了嗎？
不趕快去，天都要黑了!!
還……還沒……
媽 我好像不適合學珠算 我不想再上了……
甚麼!?
才學到4級就停掉，太可惜了吧。
前些時候3級檢定考沒過
可…可是…
才4級，將來找工作的時候，履歷表上的專長那欄怎麼有東西寫……
妳就再努力一點吧
專長……
結果→還是去了
喀吱
喀吱
我上過很多種才藝班，可是都學得不好……
鋼琴
很討厭
練習偷溜
游泳
咕嘟
咕嘟
蝶式老學不會就放棄了
書法
滴
寫得很差
英語會話
A
B
C
只記得歌曲…

珠算也是進步得很慢……
劈哩劈哩
啪啦
劈哩
啪啦
最讓我頭疼的是傳票這項目
一面翻傳票，一面計算
啊啊!!
嘩啦啦…
糟糕!!
手很笨，翻頁的時候常出錯…
一看旁邊的高級班正在練習好多位數的心算……
哎喲
有段班
隱形算盤
請注意三萬三百七十二圓加九萬五千三百十二圓加八萬三千…
覺得他們和我真不是同類
嘎—
嘎—
我想起以前聽人家說狗會和主人很像
我回來了
沒甚麼才藝、記性又差，好吃這一點倒是一流的
嘎—
是不是有點像呢?
咯吱
咯吱
我長大以後會變成怎樣呢……
小學生的我也對自己的未來感到有些不安
舔舔

盯——
必殺技
熱視線!!

幸運的狗

春天，
姐姐要上國中，
弟弟上小學。
春天
國一新生
小6
小一新生
因此決定加蓋1個房間，
讓3個人都可以有自己的房間。
弟弟的房間
加蓋在這裡
但是……
汪
汪
汪
這隻狗
好有精神……
嗚~
汪汪
汪
汪
泡泡對來家裡的木作師傅
採取高度警戒狀態
不…
不好意思
圖面
第3天……
地基
打在
這裡…
知道了
汪
汪汪
第6天……
那邊
也要
灌水泥…
好
嗚~
汪汪嗚
汪~
第10天……
這麼多天了，
你也該認得
人家了吧!!
哇
汪

話又說回來，
能有屬於自己的房間，
還是很高興的一件事。
想〜〜
啊
啊
現在是和姐姐
共用一個房間
上下鋪
亂七八糟
有自己的房間以後，
就可以睡在自己
一個人的床上，
在自己的書架上
擺喜歡的漫畫書。
想在床上加個簾子
喜歡的明星的海報
THE CHECKERS
RURARA
滿天星的乾燥花
麻花式的小綠色植物
LOVE
鋪上可愛的地毯，
再請爸媽買一組沙發給我，
然後在房間裡喝喝下午茶……
呵呵呵……
這邊好了
喂幫忙抬另外一邊
日子
一天天地過去……
呼〜
ㄎㄤ
ㄎㄤ
嗚〜
嗚〜

加蓋的部分完成了!!
耶~
我的房間蓋好了!!
我也分到2樓的和室當自己的房間
砂壁
榻榻米
CARROT
太好了!!終於有自己的房間了!!
謝謝
嗚嗚
……對了，這隻狗睡那個木箱子不冷嗎？
好像還好，以前有幫牠墊一條毯子，可是很快就被咬得破破爛爛的……
嗚嗚
喔……
於是，木作師傅……
嗚嗚

利用剩下的建材……
那個狗屋給我一下，好嗎？
很快就幫我們做了一個舒適漂亮的狗屋
哇喔!! 好厲害喔!!
不愧是木作師傅!!
鏘
太好了！泡泡，你進去看看吧♡
忽然現身
哈哈哈，喜不喜歡啊？
這簡直是大豪宅嘛
咻
嗚汪汪汪
嘎
!!
像這樣，泡泡到最後還不願示好……
嗚嗚嗚
真…真不好意思…
沒關係…
卻意外得到一間舒適漂亮房子
似乎很滿意…
泡泡
後來爸爸貼上去的
還有不用的浴墊可鋪

應邀的狗

有了自己的房間，姐姐和弟弟都買了新床
以前的上下鋪就丟掉了
不知為何只有老二的我沒有……
我的床呢？
妳的房間是和室，睡覺的時候鋪棉被就好了…
呵～還要買書桌、書包、制服、教科書……碎碎念
家庭收支簿
而且我的房間裡還放了2個爸媽的日式衣櫃!!
裡面有和服等
很大～～
沒地方放所以就放這裡
氣～
砂壁也不能貼海報…
剝落～
THE CHECKERS
嗚…
天花板上盡是令人不快的木紋貼皮
看起來像留鬍鬚的老公公的臉
哎喲～～
儘管如此，我還是想努力把房間弄得可愛一點，首先從壁櫥著手……
先把這個拿到樓下的壁櫥…
嘿咻
嘿咻
把壁櫥的上層變成床…
鏘～～!!
圍一塊布遮醜
※把紙門拿走了

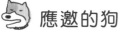

對了！好不容易有了自己的房間……
應該邀請人家來玩啊
於是被我選中的是……
泡~泡~!!
嘎啦
泡泡
嚇
不過進房間之前，要先洗澡。
嘿!!
乖一點!!
不要亂動啦!!
掙扎
掙扎
掙扎
非常討厭洗澡
終於洗好了，你把身上的水抖掉吧。
靜
泡泡，抖一抖啊!!
奇怪，怎麼不抖抖身子呢!?
那只好用浴巾擦囉~
呼……
喀嚓
微動
滴答
滴答
哎喲~!!
你怎麼出了浴室才抖啊~!!
抖
抖
抖~

泡泡!!不要動啦!!
嗚嗚
把臉往墊子上磨蹭
激動狀態
咯哧
咯哧
呼呼
嗯～很難乾耶……
全身毛茸茸的……
呼……
呼……
潮濕
對了，把你放到暖桌下面……
進去吧
對對，你就那樣待著不要動。
呆～
我幫你準備了牛奶
咻
嗯，差不多乾了。
那去我房間玩吧♡
呼嚕
呼嚕

我的房間在2樓喔~
咚、
咚、
你看!!
嘎啦
這就是我自己的房間!!
怎麼樣?這個壁櫥床很不錯吧?
哈哈哈,泡泡好像變成室內犬了♡
嗅
嗅
以後偶爾找你來房間玩,應該不錯!
噫!?
唰
哆嗦…
啊~泡泡尿尿了!!
快跑
就這樣,我的新房間被泡泡做了記號。

長又崎嶇的散步路線

春天來了，大家都各升了一個年級
閃亮的一年級生
CAR
我也升上小學的最高年級6年級……
今天好暖和耶~♡
呆~
USA
但依舊每天迷迷糊糊地度日
我回……
呆~
泡泡
喀嚓……
噫？
你在曬太陽啊？
嘿咻…
暖洋洋
暖洋洋
呆~
USA
對了，我來跟泡泡玩個遊戲。
靈機一動
這是我想出來的遊戲
嘿嘿嘿
躺~
把鞋子和襪子脫掉，像這樣躺在長板凳上……

靜靜地等……
懸空…
…
…
嗅 嗅
!!
舔
耶~!!
我釣到你了!!
這樣就是我贏了，
很單純的遊戲。
哈哈哈
唰
嚇
!!
哈哈哈……
被抓到了
就隨便我處置囉……
煮來吃好了
掙扎
掙扎
唉~
好無聊喔~
暖洋洋~
暖洋洋
躺~
咻

妳在這裡做甚麼？
嗯……
嘎啦
我帶泡泡去散步
汪汪
汪
汪
我無事可做，所以也一起去。
嘿，
走好
你呀！
非常高興
ㄚ
ㄚ
嘻…要走這種山路喔？
這是我們經常走的散步路線
拉
拉
ㄚ
ㄚ
越過一個山頭，來到田園地帶……
呼呼……
!!
噗通

哎呀……泡泡怎麼進到水渠裡了……
大概是最近天氣暖和了，牠每次都會跳進去。
嘩啦
嘩啦
可…可是好像越來越深了…
不要緊嗎？
泡泡上來吧！
嘩啦
嘩啦
嘿
拉～
哎喲～就這樣拉上來喔!?
全身溼答答的…
明明不喜歡洗澡…
走一走就乾了
滿不在乎
接下來又往竹林裡走……
哎喲～要走這種路喔？
這是近路
沙沙
沙沙
氣喘
吁吁
噫？
沙沙
蜿蜒爬行
啊啊啊～!!

啊～!!
蛇!!
蛇～!!
繞過來就好了呀，
那麼小的一條蛇……
非常怕蛇
我好怕喔!!
我不敢!!
啊～
不要怕啦!!
我好怕～
啊～
大概是看到主人我身陷危境……
泡泡竟然和蛇對峙起來!!
嗚嗚～
哇啊～泡泡!!
危險!!
跳
!!
咻
哈哈哈，泡泡往上蹦耶!!
走開走開!!
哈哈
哈哈
雖然看到有趣的一幕……
呼呼
但接下來的路又遠又難走……
呼…呼…
我決定再也不要跟爸爸和泡泡去散步了
來喝水吧!
咕嚕咕嚕
累斃死了～

只要
看到爸爸在穿
運動鞋…
散步
散步
泡泡就高興得不得了

我現在習慣每天翻翻報紙……
嗯嗯嗯…
嘩啦
嘩啦
但並不是看報紙上的消息
太好了!! 今天有6張!!
豐收!!
而是收集背面空白的廣告單
原田電器
電視
空調
誠徵!!
20~60歲
在廣告單背面畫畫是我的樂趣……
嘿嘿嘿～
畫的大多是「可愛的女孩」或是「公主」
嗯!!
這張畫得真可愛♡
再來是模仿漫畫書上的……
努力
認真
還是不行……
怎麼樣才可以畫得像職業畫家一樣呢……
RURARA
6月号
10大連載
蛋
80日圓
牛奶
超低價
翠綠超市

對了!!
嘎啦
泡~泡~!!
泡泡
微動
來，泡~泡~
?
?
你乖乖坐在報紙上，不要動喔！
我現在要拿你當模特兒，練習畫素描。
你不要亂動喔
……
嗯嗯……
嗅嗅
啊!!
泡~泡!!不要亂動啦!!
坐好!!坐好!!
掙扎
掙扎
用力按住
你看你亂動，害我畫成這樣。

啊!!已經是這時間了!!
我看我還是去上珠算課好了……
雖然很不想去……
咻
前幾天我參加了不知是第幾次的珠算3級檢定考……
總算勉強通過……
通過了!!
啪啪
賀通過3級檢定考
及格
不過現在練習題的位數更多更難了
天啊~
開始計算!!
嗶
眼睛都花了
我依舊很討厭傳票的計算題
啊!我明明在算第3行,甚麼時候變成看到第4行去了!!
嗶嗶嗶…
停
跳3行!!
心算題也跟不上,只好2位數2位數分開來算。
先是…
98…05…93…
43…32…26…
嗶嗶嗶…
停
所以很花時間…

珠算
唉～不行……
我覺得我鐵定考不過二級……
嘿咻
掰掰～
繪畫教室
我們鎮上有一個地方掛著「繪畫才藝班」的招牌，也是唯一的一個……
油畫比賽
歡迎小學生報名參加
最近新開的
繪畫班我倒是想上看看……
而不是那些珠算、鋼琴、書法……
我這麼想
咻
我覺得小學生學油畫
一定很帥!!
小學6年級的我有時會想
甚麼對自己的將來有幫助……
自己喜歡甚麼又適合甚麼……
…
咻

泡泡~
你想我將來長大會變成怎樣？
嘎吱—
我要做甚麼工作好呢？
泡泡
動物園、水族館飼養員的工作也好像很有趣~
嘎吱—
如果去麵包店、蛋糕店上班是不是每天都有好東西吃？
嘎吱—
泡泡
要不要去可愛的花店、玩具店當店員？
啊，那我乾脆……
嫁給壽司師傅，那就天天有壽司吃，是不是？
想得真美
噫!?
想像著自己的種種未來……
鏘~
啊！湯姆貓和傑利鼠開始了!!
恰恰恰恰恰恰
趕快去看!!
最後也沒定下甚麼目標
衝
泡泡

珠算課是
星期一、二、三、五、六，
一個星期5次
唉～今天也有珠算課，明天也有珠算課……
好羨慕泡泡那麼閒
呼～
珠算

愛挖洞的狗

天氣越來越熱了
豔陽
高照
好希望趕快放暑假喔！
呼…呼…
我回來了
喀嚓
噫…？
今天又是挖了個大洞
怎麼沒歡迎一下？
泡泡
癱～
或許是天氣太熱了，泡泡最近經常這樣挖洞躺在裡面。
喀嚓
呼～口好渴！
我夏天的樂趣之一就是吃西瓜
太好了！西瓜冰透了！
很喜歡
呵呵呵……坐在長板凳上吃吧～
嘎啦啦
微動

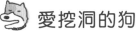

啊啊，好好吃喔～
唰
唰
汪—
汪
汪
汪
……怎麼？你也想吃？
汪汪
汪汪
汪
吐
可是，你大概不吃西瓜吧……
啊!!
張口
吃……吃掉了……
舔
唰
吞
原來狗也會吃西瓜……
我現在才知道～
再點給我
汪汪—汪
再點給我
汪
汪汪
那，這塊給你吧！
啪嚓

看來泡泡也很喜歡吃西瓜
唰 唰 唰 唰
哇喔～吃得只剩下一層薄薄的綠色的皮!!
好厲害!!
薄薄一片
原來我們2個都喜歡吃西瓜耶！
很好吃吧!?
由於同樣喜歡吃西瓜，感覺和泡泡更親近了……
可以這麼做……
我心想……
靈機一動
從此以後……
豔陽高照
汪 汪
汪汪
再等一下嘛
唰 唰 唰
我自己吃中間甜的部分……
（趕快給我）
汪汪汪
汪
汪

把靠近皮那些不甜的地方留給泡泡包辦，展開我們之間的合作關係。
喀嚓
我回來了~
泡泡
泡泡似乎很生氣
唰
唰
唰
哎呀~泡泡又挖了好大的洞！
很大~
很大~
2個耶!!
明天開始接連幾天都是下雨，這樣會變成水窪的。
真是的
氣~
啃
啃
唰
唰
那邊的土妳要負責清乾淨！
誰叫牠是妳的狗!?
舔
舔
甚麼!?
泡泡幫我處裡吃剩的西瓜，我幫泡泡善後挖洞時四濺的泥土，這種景象……
這些西瓜妳也要弄乾淨喔
終於填好了
不然螞蟻會過來
泡泡
哎喲~土竟然噴到這裡來了
你這個臭泡泡
在夏天一再上演。

小學生活也即將結束了
我下定決心放棄一直無法突破現狀的珠算課……
我不可能再進級了!!
我不想上了!!
立正
珠算
那就算了吧……
我原本希望妳拿到2級的……
最終級數
珠算3級
…結業!!
我最近著迷的事是……
轉轉
練習韻律操!!
轉
浴衣的腰帶
撢子
轉
轉
我最近迷上了一本描寫韻律操的漫畫……
韻律衣傳說
韻律衣傳說
深受影響，決定上國中以後要進體操社，所以現在就開始自己練習。
嘿——
噹
嘿——
咚
咚
咚
泡泡
…

此外……
唰～
也自己練習排球!!
嘿
啪
唰～
海灘球
另外，我也迷上一本排球漫畫……
排球甜心 MIKI
排球甜心 MIKI
所以也一直在想要不要進排球社
砰
攔網
嘿～!!
唰
嘿～!!
唰
泡泡
…
咚
咚
呼……
呼……
好累喔……
踉蹌…
休息一下!!
咚

另一方面，在學校……
嗯～那麼……
就請大家把作文寫在現在發下去的稿紙上
可以寫小學生活的回憶，或者是上國中以後的抱負等等，內容不限。
正在編製畢業文集
還有在班級介紹那頁，要畫自畫像和寫上自己未來的夢想。
夢想
你們先回去準備一下
還要寫夢想喔!?
下星期要交上來
知道了嗎？
你要寫甚麼#
喂～喂～
未來的夢想……
你的夢想是甚麼？
我還是～#
我的夢想到底是甚麼？
來，挺胸！
挺
接著是量制服……
這個飯盒好可愛喔!!
上國中以後就要改用自動鉛筆了耶～
去買上國中以後要用的各種東西……
這套代表也是#
我想買這個♥

嗯……這件洋裝好可愛喔，可是一件要6800日圓。
6800日
這樣的價錢，還可以啦～
真的!?
和媽媽去買畢業典禮要穿的衣服……
BLUE SHOP
一步步地準備當國中生
滿心歡喜
泡泡，你看，這兩雙都是我的新鞋耶！
這是畢業典禮要穿的
那雙是上國中以後穿的～
嘿嘿嘿～
嗅 嗅
上國中以後，學校規定要穿白色的鞋子。
泡泡
嘿咻
哎喲!?
你怎麼可以坐在我的新鞋上面啊!!
走開走開
唰
畢業典禮那天終於來臨了……
第十二屆
畢業典

大家現在進禮堂去吧
你們是最後入場的，記得走路要抬頭挺胸!!
知道了~
記得第一次見到泡泡，就是在這教室……
哇哈哈
哪來的狗？
哇~♡
我和泡泡四目相接……
慢慢走，不要急~
也是在那禮堂的角落……
盯~…
而今天……
唱校歌!!
第十二屆畢業生畢業典禮
鏘鏘鏘鏘
我就要和這充滿許多回憶的小學告別了

直子妳也終於畢業了
畢業紀念冊
畢業文集
畢業生
哇～～
畢業證書
妳們班寫的是「未來的夢想」
我趕快來看看
嘿嘿嘿……
畢業文集
妳們班很多女孩子想當幼稚園老師耶，這個人想當護士，這個人是小說家，哈哈哈，還有人想當偶像歌手。
好有趣喔
男孩子是想當棒球選手、足球選手、學校老師，哇，這個人想當律師耶!!
我來看看妳寫甚麼……
畢業文集
想當護士
高木直子
夢
想到夏威夷旅行!!
想當歌手
香織
甚麼!?
夏…夏威……
未來的夢想是要寫將來想從事的工作喔!?
我…我以為……
不知道那孩子將來會變成怎樣……
有點擔心……
啪
啪
呼～
呼～
眼看就要進國中了，我的未來究竟如何呢？

賀畢業

賀入學

不理不睬的狗

國中生活1年過去了…
噹～
噹～
起立
敬禮
我升上了國二
放學ろ～
再見～
掰掰～
呆～…
進國中以前
我升上國中以後要參加體操社或者是排球社!!
我如此想著……
進國中以後，才發現我們學校沒有體操社。
社團一覽表
合唱社
美術社
劍道社
田徑社
足球社
壘球社
棒球社
網球社
排球社
籃球社
沒有體操社!!
打擊～
到排球社參觀旁聽，卻被那種嚴厲的氣氛給嚇到……
來接球!!
啪
接好呀!!
不要怕啊!!
砰
砰
一年級集合!!
天啊～
結果，糊裡糊塗地進了網球社。
哇
高木
雖然每天都很認真參加練習……
揮拍落空～
哈哈哈哈
嗯？
落空
覺得自己真是沒這方面的天份……

可是，在網球社我交到一位很合得來的朋友……
呼～今天也練得好累喔～
口好渴～
啊，對了，這個還沒拿給妳。
2人都很喜歡畫畫，因此開始畫圖交換欣賞的這種繪畫交換日記
這是我今天的
交換畫冊 第4冊
NOTE BOOK
1人一本
Campus Note
交換畫冊
第5冊
這是我的
就這樣，每天傍晚回到家——
泡泡
我回來了～
泡泡，我回來了～
喂!! 你沒聽到我在跟你說我回來了嗎!?
總該打個招呼吧!?
泡泡
……
喂!! 泡泡!!
!!
泡泡
搖～
搖～
那甚麼態度嘛!?
竟然用尾巴回應我
泡泡真是越來越目中無人了

算了，還是趕快看交換畫冊！
看交換畫冊是我最近的一大樂趣
雀躍歡欣
交換畫冊
今天畫的是類似魔女的女孩
嘿嘿
水晶魔法球
哇～畫得真好…
好厲害喔～
我也不能輸給她!!
吃飯了～
十足幹勁
努力
努力
努力
晚上練練網球揮拍……
咻
咻
大吃
大吃特吃
依舊是味噌湯泡飯
然後很快就睡覺了……
呼
呼
依然睡在壁櫥裡
糟糕!! 忘記做英文作業了!!
哈哈哈，我也是～
英語 NOTE
老實說根本沒好好念書

可是，交換畫冊我倒是很努力地畫了!!
嗯哼
這次看漫畫書畫的!!
NOTE BOOK
交換畫冊
真的!?好厲害喔～
我也很認真地畫了
我自己挺滿意的
好想趕快看看喔～
真的～
CAMPUS NOTE
交換畫冊
第5冊
約好回家之前不可以看
像這樣每天努力地畫，應該很快就會越畫越好，是不是!?
今天回去也要認真畫
哈哈哈，我們加油越畫越好。
以後一起當漫畫家在同一本雜誌發表作品，妳說好不好？
NOTE BOOK
交換畫冊
第4冊
!!
漫…漫畫家…!!
這是我從來沒想過的…

我是喜歡畫畫
沒錯……
忘記寫作業的人站起來~
可是我一直覺得
那只是遊戲……
喀噠…
喀噠…
喀噠…
呆~
我會扣成績
以前雖然不太清楚
自己究竟想從事
哪一方面的工作
去麵包店上班好了
因為我想吃麵包
嘿嘿嘿~
原來……
原來……
揮拍落空
還有這條路
可以走!!
泡泡~!!
呼呼…
砰
我決定
我將來要當
甚麼了~!!
國中2年級的我
突然覺得前途一片光明
哈哈哈
泡泡
拖~

泡泡的夢想
有吃不完的牛排
隨時可以逃脫

被貼上網點紙的狗

我今天也默默地坐在桌前……
勤奮
努力
在和朋友的交換日記上練習畫漫畫
嗯～……
朝左邊的臉為什麼這麼難畫呢……
BUTA
不畫好…
前幾天和朋友談到這件事
要當漫畫家的話，不可以只會畫人物吧？
我們努力學習畫背景和效果線吧!!
我借了這本書!!
如何畫漫畫
所以也練習這方面的畫法
接下來是練習畫效果線
集中線
下一個是
麻繩
嗚嗚嗚……好難畫喔……
好像從來沒對一件事情這麼認真……
滴答
滴答
接下來練習點描
呵呵呵…
點
點
點
點
點
呼～休息一下！
啊～好累喔！
嘎啦
微動

怎麼？已經睡著了？
呆～
午覺睡那麼多，還睡得著？
對了！既然要當漫畫家，得先想個筆名才行。
得取一個特殊一點的
還得設計一下簽名！
以往不論做甚麼總是缺乏自信的我……
啊～
換人出局～
哇～
打擊手
30
呆～…
這次不知為何對自己「一定能成為漫畫家!!」充滿無來由的自信
我如果當上漫畫家賺很多錢，你也就有福了!!
一定買很多好吃的東西給你吃，你等著吧!!
噗
哈哈哈
假日和朋友一起去鎮上的大文具店
百貨公司
哈哈哈
這裡有賣畫漫畫的專業用品
書上寫要用G筆、圓筆，指的就是這個嗎？
這種羽毛刷感覺好專業
好想買喔～
筆桿

接著來到網點紙區
SCREEN TONE
TONE
SCREEN
哇～就是這個耶!!
把這個剪一剪貼上去
就變成漫畫裡
灰色的部分耶!!
第一次看到～
REEN TONE
SCREEN TON
SCREEN
好想買，
可是一張
300日圓
好貴喔……
種類好多喔～
不過為了前途著想，我決定一口氣買3張!!
真的!? 那我也買3張好了!!
回家後，立刻把買的東西拿出來試。
哇～G筆好難用喔!!
畫不直
哎呀～墨汁滴下來了!!
滴
墨汁
不過我還是試著用G筆和網點紙畫了畫
練習用G筆!!
也用了網點紙
失敗
剩下的碎片
我是泡泡
呵呵呵…
覺得最近過得非常充實
我馬上就把G筆和網點紙拿出來用了!!
我也是!!

今天又在放學回家的路上，買了漫畫雜誌。
噫？直子，妳今天怎麼這麼早回來？
快考試了，所以社團活動暫停。
GERBERA
閃亮新連載
快考試了，妳還看漫畫？
沒關係的啦♡
我決定將來要當漫畫家
雖然看起來我只是在看漫畫，其實這是在為將來奠基礎。
呵呵呵～♫
甚麼!?
月亮手錶
妳給我差不多一點!!
吼
啊…嗯……我媽媽在發飆了……
這樣妳真的會考不上高中
碎念 碎念
嗯……我看考試期間交換畫冊就暫停好了……
嗯～我剛才也被罵了～
直子也真是的
我的未來究竟會如何呢……
呼～
泡泡

擺明不相識的狗

某一個星期六，因為下雨社團活動取消，
那我吃完午飯就過去囉~
嗯，待會兒見~
朋友說好到家裡來玩。
那朋友家裡也有養狗，也很喜歡狗……
我回來ㄌ
汪
三平
汪汪
汪汪
嗄
可是這對泡泡根本不管用
啊~
對…對不起！妳趕快進去家裡！
汪汪
汪汪
泡泡!!
不要叫ㄌ!!
嗯~泡泡老是不認得我……
這樣一輩子都不能摸摸泡泡了……
不好意思，牠真的太不友善了。
一定會被咬……
嗚~
嗚~
還在咆哮
這天我們又聊了很多關於畫漫畫的事
我昨天練習畫了發亮的頭髮
哇~畫得好好喔!!

如果要投稿漫畫的話，妳說要投哪一家雜誌好呢？
嗯～…這本雜誌上我喜歡的連載比較多，可是另外這本絕對賣得比較好…
真是難以取捨…
OCHA
項鍊墜子
RURARA
GERBERA
完結篇
這可是關係到將來我們2人要到哪裡上班，得好好考慮才行!!
流利的英語
說的也是!!
這2人誤以為漫畫投稿被錄取，就是可以到那家出版社上班了。
最後，朋友又是在泡泡的狂吠聲中回家去了。
泡泡!!
再見～
再見～
再…
泡泡掰掰～
嗚
汪汪
汪
嗚
汪汪
汪汪
不要再叫了!!
嗚嗚嗚～
泡泡雖然如此……
噫……怎麼了？
啊，是車子的聲音！
嗯～
嗯～
嗯～
卻每天熱烈歡迎爸爸的歸來
我回來了
……
哇喔～
哇喔～
喔喔～

泡泡…你這種態度和我回來的時候未免差太多了吧……
我回來時
泡泡~我回來3
…
搖
搖
乖乖
哈哈哈，狗最喜歡會帶牠去散步的人。
喔~
喔~
嗯嗯~
搖
搖
雨也停了，我們去散步吧！
汪
泡泡這傢伙未免太現實了
氣
氣
氣
我也是有輪流弄飯給牠吃呀
喔喔喔~
喔~
漸行漸遠的歡喜聲
算了，還是來畫今天的圖吧!!
哼!!
嘩啦啦
雖說要和朋友一起當漫畫家，但內心裡還是不願被比下來。
發亮的頭髮畫得不錯嘛
嗯嗯…
我也來畫給妳看
我畫的是大波浪鬈卷髮!!
墨
點點
點點
到了傍晚——
喔喔

嘎啦
回來了啊，怎麼去那麼久？
好熱喔 呼～
唉，泡泡一直不回家。
丟
好好玩喔
好好玩喔
ㄚㄚ
妳弄些水給泡泡喝吧
我去抽根菸
轉
呼～
轉
呼
喔～
看來泡泡已經完全變成爸爸的狗了
轉轉
這算甚麼嘛
把泡泡帶回來這個家的人是我耶……
嘩啦～
管它的，我也不需要受泡泡的歡迎。
碎念
碎念
嘩啦
嘩啦
噫…!?
哈哈哈!! 泡泡把牠最親愛的爸爸的襯衫坐在屁股下面了。
哈哈
哈哈
哎呀～直子妳趕快把泡泡抱走!!
泡泡
今天又是優游自在地度過一天
嘎—
嘎—

被叫醒的狗

我依然每天畫漫畫和朋友相互交流……
這是今天的交換畫冊
呵呵呵
交換畫冊
交換畫冊
不過，有時也會有國中生那種微微心動的時刻。
太好了，今天也許來得及。
衝
衝
某一天，回家的時間比平常早……
泡泡，我們去散步吧!!
啪
噗
啪
難得和泡泡散步
應該快了吧……
四下張望
ONE
我們來到家附近的林蔭道上……
來了!!
一到傍晚，會有一個和我念同一所國中的男生去幼稚園接他年幼的妹妹走這條路回來。
妳好
你……你好
大家彼此認識，因此見面都會打個招呼。

老實說，我有點喜歡這個男生。
泡泡，我們回家了!!
呵呵呵……
這麼快!?
疼愛妹妹的少年和喜歡狗的少女
妳……妳好
瞥
心動
嗚
美化
酸酸甜甜的初戀戀曲
你覺得我把這種故事畫成漫畫如何？
呵呵
泡泡～!!
啪
啪
呵呵
火冒三丈
散步的時間太短了……
趕快把這點子記在本子上，免得忘記♡
呵呵
呵呵
構思本
經過幾番波折，最後2人……
下次就我們2個一起去散步吧
撲通
撲通
嗚～
這無疑就是約會!!
嗯～……故事好像缺乏創意……
經過幾番波折指的是啥呀？
雖然想當漫畫家，但我卻不懂得如何構思故事。

※現在的教科書上是寫 1185 年。

鎌倉幕府
答對!! 3
翻
秀出答案時，老師的腋毛全都露!!
啊
從我座位的角度無論如何都會看見…
翻
答對!! 3
哎喲~
下一題 794年
平安京~!!
結果3分鐘內看了好多好多次
哈
哈
哈
哈哈哈，這個有趣吧!!
對了，再來畫昨天泡泡發生的事!!
拿飯去給泡泡時，牠等不及一頭湊上來，結果味噌湯泡飯澆在牠的頭上……
衝
哎呀
泡泡一點也不在意，頭上頂著飯就吃起來了。
大吃特吃
好厲害
哈哈哈
這個也不錯吧!?
真想快點給她看喔~!!
哈哈哈哈哈哈哈
交換畫冊 NO.9
另一方面，泡泡這時
不滿~
哈
哈
泡泡
…
因為散步得不過癮，正在鬧情緒。

給妳、
給妳
國中

給妳
進了同一所高中
給妳
交換畫冊
交換畫冊
高中
這交換畫冊從國中2年級開始到高中3年級為止，總共持續了5年之久…
累積了約100本…

被諮詢的狗

季節更替，時光流逝……
泡泡也有點老了
泡泡
…
約13歲
食欲雖然絲毫不減當年，但白色的毛越來越多，眼神也越來越銳利。
另一方面，我們家也多了幾隻狗。
鏘～
有一年，泡泡和附近的一隻公狗在一起，生下了白色、黑色、咖啡色的3隻小狗。
嗚～
嗚～
其中那隻咖啡色的小狗找不到人領養就留下來……
嗚
嗚
2年後，那隻小狗長大後又同樣生下白色、黑色、咖啡色的3隻小狗。
關係圖
泡泡
女兒
奇奇
女兒
小不點
泡泡的孫子
現在已經做好結紮手術
其中那隻黑色的小狗找不到人領養就留下來，所以現在家裡總共養了3隻狗。
我一定要成為漫畫家!!
應該沒問題!!

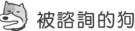

現在都已經23歲了……
還是沒能當上漫畫家。
上高中以後，在雜誌上投稿漫畫，雖然得了一個小小的獎，但因為自己不會構思故事，結果一直無法突破……
想不出好題材!!
之後進到設計學校進修，畢業後，改變志向到設計公司上班，希望成為以畫取勝的插畫家……
立志成為插畫家!!
但又開始質疑這是不是自己真正想從事的工作，最後終於辭職……
目前在搬家公司打工
高木!! 這家的主人說，倉庫裡的東西如果有喜歡的，可以拿走沒關係!!
他說那些東西都是不要的
負責打包
真的？
儘管內心還無法完全割捨對畫的熱情……
哇~ 這鍋子還是全新的耶~
這家人真有錢!!
這包包也是名牌
喔……
窣窣…
窸窣窸窣…
但每天還是一籌莫展
我回來了
呵呵呵
今天有一個很大的禮物要送給你們喔…
汪
汪
奇奇
很會討人喜歡
相反
…
鏘~!!
這是我從客戶那裡拿回來的高級毛毯!!
高級羊毛毯

剪成3等分，放到你們每個的屋裡。
天氣越來越冷ㄋ
泡泡
塞
塞
？
這可是很高級的毛毯，要好好愛惜喔～
到了晚上──
吃飯ㄋ～
汪汪
汪
泡泡依然不改牠那狼吞虎嚥的吃相……
嘿！會弄倒啦!!
不要那麼激動嘛!!
奇奇也是狼吞虎嚥型
狼吞
虎嚥
咬～
狼吞
虎嚥
孫子小不點則是慢條斯裡，吃相優雅。
一邊搖尾巴
呼嚕
呼嚕
以前我一直以為狗吃東西都是狼吞虎嚥的，但這究竟只是個性差異呢？
還是主要源自生下來就是家犬和原本是流浪狗的差異呢？
喀啷
喀啷
吃完還猛舔的泡泡
慢
慢
不會亂惡作劇
此外，不知為何，這2隻超級合不來。
嗚嗚～
泡泡，你吃完了也不需要這麼叫啊!!
牠可是你孫子耶!!
……
嗚～

想想，我也是生下來就有人為我準備熱熱的飯菜、溫暖的被褥……
你的想法應該是眼前有食物就得盡快吃進肚裡
搶得到的東西絕不客氣…
鳴~
你自己的已經吃完了呀
鳴~
鳴~
一直住在家裡過著安心舒適的生活
…
我覺得自己應該學學泡泡那種貪婪的個性……
鳴~
鳴鳴~
或許是我該努力奮起的時刻了
泡泡，你說，我接下來該怎麼辦好呢？
我不能這樣一直靠打工過日啊
以你曾經是流浪狗的身分，給我點建議吧。
抱
有時會想，如果泡泡會說話，不知道會說甚麼？
嗯~在我看來，妳過得太安逸了
打盹手~
你會怎麼說呢…
?
第2天早上——
啾…
啾…
天啊~!!
泡泡，你看，我昨天才給你的毛毯已經被你弄得破破爛爛的!!
給泡泡毛毯也是沒用的
你看小不點，人家鋪得好好的!!
沾滿泥巴
不理
不睬
…
真希望泡泡能向牠孫子學習學習
奇奇的也有一部份跑到外面

愛吃醋的狗

新增的狗會一點點小把戲
奇奇~
首先是奇奇
沙沙…
微動
把點心拿到牠面前，然後說……
來，奇奇，你叫一聲給我聽
來，叫「汪」!!
汪
牠就會如此回答
很好!!這是給你的獎賞!!
不過，奇奇似乎就此以為只要叫「汪」就會有點心吃……
咬
咬
吞
唰
汪!!
我還要!!
已經結束了!
汪!!
妳沒聽到嗎!?
我已經說過結束了!!
汪!!
汪!!
我在叫「汪」耶!!
不要再叫了!!
結果變成一隻亂吠的狗，教牠這技藝有點失算……
接下來是小不點
小不點~
肉乾
雖然是很基本的…
來，握手!!
換手!!
…
很好!很好!
放
肉乾
牠會握手和換手

小不點吃得到的獎品時，也很慢條斯理……
嗚～
嗚～
噫
閉著眼睛
一邊品嚐一邊吃
舔
舔
咬
老是合不來的這2隻
嗚～
你在叫甚麼
嗚
嗚～
來，也給你一點吧！
肉乾
我心煩氣躁呀～
至於泡泡的技藝，就是這跳躍接東西……
泡泡接好!!
扔
跳!!
啊!!
ㄎㄨㄥ
這技藝原本是精準無比的，但最近開始偶爾會出現失誤。
啊……漏接了……
咬♥咬♥咻
閉著眼睛一邊品嚐一邊吃
會不會是視力變差了？
還是年紀大了反應變遲鈍了……
不對吧……
撐
!!
這時，上完夜班的爸爸出現了。
喔，小不點！
在吃點心啊？
盯～
掙扎
掙扎

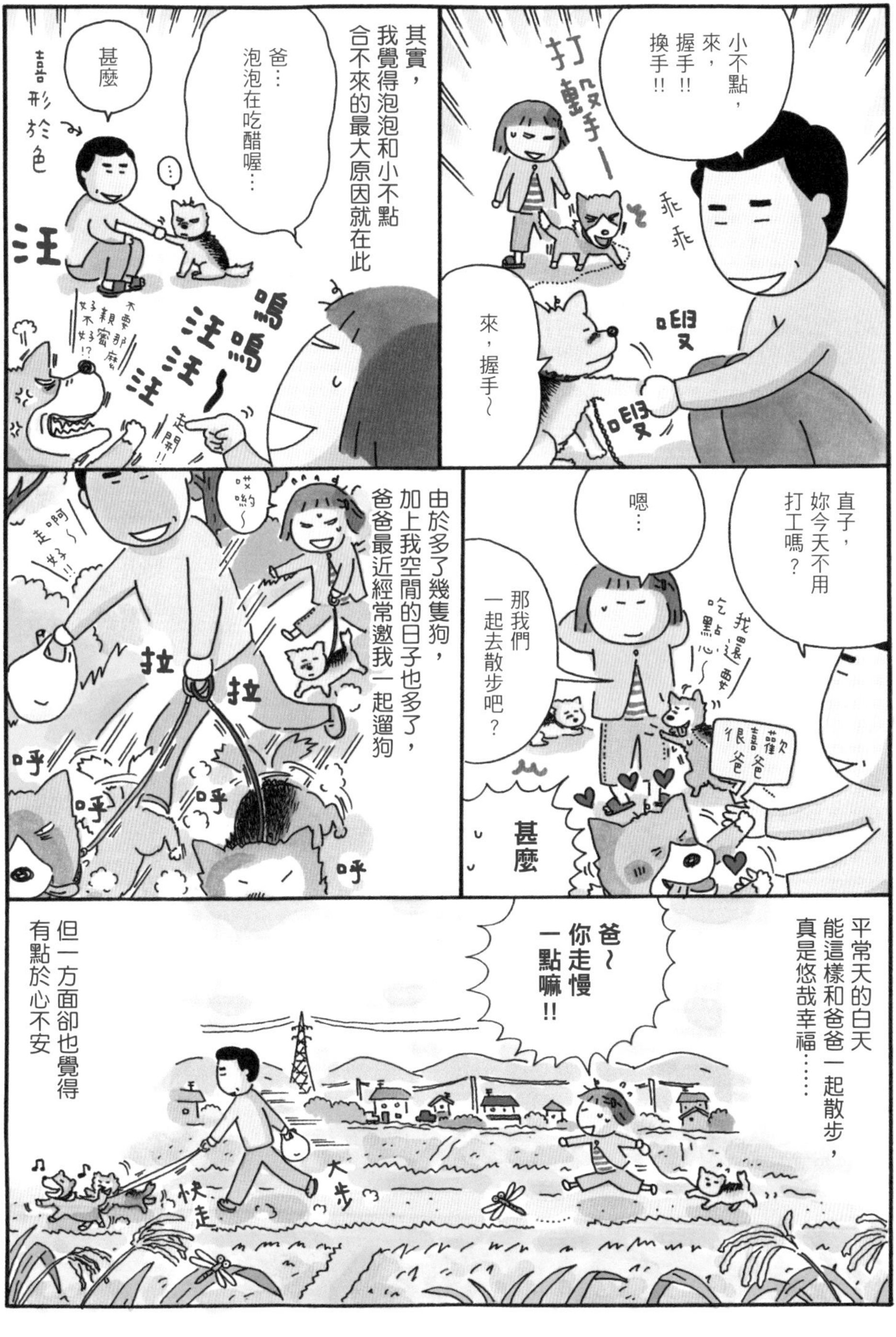
小不點，來，握手!! 換手!!
打斅手ー
乖乖
來，握手～
嚶
嚶
其實，我覺得泡泡和小不點合不來的最大原因就在此
爸…泡泡在吃醋喔…
甚麼
喜形於色
…
汪
嗚嗚汪汪～
汪
不要那麼親蜜好不好!?
走開!!
直子，妳今天不用打工嗎？
嗯…
那我們一起去散步吧？
我還要吃點心～
很喜歡爸爸
甚麼
由於多了幾隻狗，加上我空閒的日子也多了，爸爸最近經常邀我一起遛狗
哎喲～
走啊～好～!!
拉
拉
呼
呼
呼
呼
平常天的白天能這樣和爸爸一起散步，真是悠哉幸福……
爸～你走慢一點嘛!!
但一方面卻也覺得有點於心不安
快走
大步

爸爸對我這不務正業的女兒不知道怎麼想……
撲通
撲通
啊!!
泡泡和奇奇都很喜歡游泳
哎喲~2隻又都跳進水裡了。
都已經秋天了還這樣啊!
絕對不進去
嘩啦
嘩啦
嘩啦
散步的時候，泡泡和奇奇都精力充沛得不得了，只有小不點不是那麼喜歡散步。
小不點，你這樣就累了喔？
爸~等一下!!
拉
步履蹣跚
大步
快走
……
老實說，我最近正在想要不要去東京找繪畫方面的工作……
真是拿你沒辦法!!
快跑
疲憊不堪
如果說要去東京……
爸媽不知道會怎麼說……
幹嘛抱著小不點
因為牠都不走啊!!
泡泡牠們是不是會覺得有些寂寞呢……
我內心也還拿不定主意
好啊~喝喔
汪
汪
來喝水吧
疲憊不堪~

猛吠不停的狗

另一個休假日
嘿嘿嘿……
出門前捉弄一下泡泡
啊，好像來了。
噗噗……
嗨～!!
喀嚓……
開車來接我的是以前約好一起當漫畫家的那位朋友
國中時代
喂～
喂～
嗨～
她經常來我們家，可是到現在泡泡還是見到她就狂吠不停。
泡泡!!不要叫了!!
哎喲～
我還是沒機會摸摸泡泡
汪汪汪
汪
嗚嗚～
出去!!
出去!!
奇奇也跟著一起叫
汪汪
嗚嘎～
嗚嘎～
對了，小不點你很乖，可以讓人家摸一下吧？
小不點，來～
喀嚓
小不點，來打個招呼吧！
哇～小不點～
汪
嗚嗚嘎～
汪
嗚嘎～
陌生人滾開!!
嚇啊
好可愛喔～
可是和泡泡相反，小不點太膽小了……
汪 汪
汪!!
啊，跑掉了!!
結果還是沒摸到……

我沒有車……
吃過午餐
看完電影以後，
要不要去
最近新開的一家
很可愛的雜貨鋪？
好啊!!
所以2人約好要去哪裡時，
經常都是請她來接我。
這裡的同學
大多像這樣擁有自己的車
買新車了～
通勤用～
四輪驅動～
在這裡大家
都是以車代步
曾經想當漫畫家的那個朋友
現在服務於當地的一家公司，
自己開車上下班。
下次
發獎金的時候，
我想來買一部
單眼相機
我已經看上了一個
真的!?
好厲害喔!!
覺得在自己蹉跎光陰的當兒，
周圍的朋友們都不斷地成長，
各自擁有一番成就，
讓我不由得慚愧不已。
去東京會不會
有所轉機呢……
雖然光想像一個人住在
人生地不熟的地方，
就覺得好害怕……
哇～
好孤單喔～
好害怕喔～
但這樣下去，似乎很快就會忘記
以前懷抱夢想時的心情……
我一定要從事繪畫方面的工作!!
這也很令人擔憂……

2者都很可怕！
謝謝～
改天見～
啊～!! 泡泡你又把毛毯拉出來弄得亂七八糟!!
我不是跟你說過這是很好的毛毯嗎!?
真是個麻煩的傢伙!!
泡泡
ZAK
亂七八糟
不鋪好，今天晚上可是很冷的喔!!
嘿，這不是吃的啦!!
這是甚麼？
ZAKKA
沙沙…
如果去東京，就得和泡泡分開
有沒有
好吃的東西
好擔心喔～
對了！泡泡!!
要不要跟我一起去住東京？
ZAK
在陌生的大都市裡生活……
有泡泡作伴也比較不寂寞……
今天是吃泡麵

不過，泡泡大概過不慣都市生活吧……
高樓聳立
PUB
嘈雜
嘈雜
嘈雜
酒
而且牠現在過得很快樂
嘩啦
嘩啦
汪汪
大概不會跟我走吧
假設要去……
啊!!
妳回來了!?
嘎啦
嗚~
奇奇也要~
乖乖
泡泡~
還是得1個人去……
之後……
我去打工了
嗯~
東京
我依舊每天過得渾渾噩噩
吃飯囉~
一起去遛狗吧
汪汪
太好了
哎呀
某一天，終於下定決心租下東京的一間房子!!
租賃契約書
決定

把坐墊當作小狗

24歲那年春天，我在大都會一隅的小屋開始了東京的生活。
1個6張榻榻米大的房間，裡面附有小小的廚房和衛浴
嗯嗯
啪
啪
畫材
這就是我的小窩
很快要進入8點～
該去打工了!!
本以為到了東京一定可以找到插畫方面的工作，不料目前一點著落也沒有……
哎喲～
得趕快才行!!
只能靠打工維持生活
決定上東京時，父母雖然沒強力反對
妳真的要去東京？
嗯…嗯…
但也不是很贊成。
衣服
畫材
書
…
離開老家那天是平常天，家人都去上班，只有狗兒們給我送行……
泡泡…奇奇…小不點…
要乖乖的喔…再見囉……

…喂!!
泡泡!!
你連最後
也不送我
一下喔!?
泡泡
…
你以為我
跟以前一樣
出去一下
很快就會回來，
是不是!?
我跟你說
這回可不一樣!!
我今天就要去東京，
說不定
再也不回來了!!
泡
拖~
泡泡好像還是
沒搞清楚狀況
……
要聽話喔……
不知道泡泡
現在在做甚麼……
東城超市
抽獎活動
請下一位~
不知道
過得好不好……
EAST
正在打工
也許牠想我怎麼都沒回去，
每天覺得很寂寞孤單呢……
嗚~…
惦念…
嘎嘎
啦啦
不…搞不好
牠根本沒發現我離家，
每天還是過得很快樂呢
喂!!
泡泡!!
去散步
去散步
氣
氣
氣
哎呀
是面紙~

工作時間
心不在焉出了小差錯，
挨了罵。
妳看清楚!!
這弄錯了嘛!!
對對不起…
點頭
道歉
嘎—
嘎—
沮喪…
我回來了……
喀嚓…
回到家
也沒人會出來迎接
靜悄悄…
呼~好累喔……
啊，衣服該收進來了。
撲通
以前，
只要放眼屋外
總會發現泡泡的身影。
這裡只能看見
對面的公寓
嘎啦啦…
……
嘎
嘎

想想自從
把泡泡帶回家那天起……
從今天開始，這裡就是你的家囉～
泡泡總是陪伴著我
那已經……
泡泡～
我回來了
泡泡
變成一種日常風景……
唉～泡泡
離我好遠喔……
橘子
好希望現在可以摸摸泡泡
那就可以讓我整個人振奮起來……
乖～乖～
分開以後才體會到泡泡對我有多重要
摸摸坐墊代替泡泡

執迷不悟的狗

我依然忙於打工
非常感謝您的來電
RRR
RRR
電話客戶服務員
另一方面卻也更加想念泡泡
嗯~泡泡~♡
啵
啵
抱抱空氣解思念
乖乖♡
奇怪的是，離開泡泡後才覺得牠真是一隻非常可愛的狗……
嗚
唉……泡泡毛茸茸軟綿綿的，黏著我撒嬌的樣子好可愛喔~!!
想
要我搔搔你的肚子，是嗎？
你好可愛喔~
嗚
嗚
完全陷入想念泡泡深淵裡的我……
啊啊泡泡你當我的枕頭好了
滾滾~
春天才上東京，夏天就決定回家一趟。
東京→三重
噗~~~
為了省錢搭夜車
和泡泡相隔約4個月沒見，心裡還是有些不安。
該不會把我忘了吧？
汪
汪
汪
（有陌生人!!出去!!）
啊~
轟~

抵達當地車站以後，請媽媽來接我，終於回到久達的老家。
啾…
啾…
AM 6:00
至於泡泡見到我的時候反應如何呢……
喀嚓…
泡泡
泡…泡泡…!!
啾…
啾…
…
牠一如往常般地出來迎接我，一點特別的表示也沒有。
緩慢～
泡泡
…
沒忘記我是很好，可是也沒表示熱烈歡迎耶～
哇喔～
哇喔～
該不會根本沒發現我離家吧……
或者是分不清楚我和姐姐…
另…另外，泡泡好像也沒有我在東京想得那麼可愛嘛……
本來就是這樣嗎…
毛亂七八糟
…
不親人
斜眼看人

總之，泡泡還是以前的老樣子。
直子妳回來了啊
嘎啦啦
啾…
啾…
耶～
耶～
泡泡～
汪
其他的狗也沒甚麼變…
之後我也經常因為想念狗兒們跑回家去
黃金週不用打工，回家去囉!!
沒錢還經常回家
每次泡泡都如往常般地出來迎接我
泡泡～!!
好想念你喔～!!
緩慢
…
有一次，我轉搭普通列車，傍晚一個人回到家……
嘎～
嘎～
坐好久喔…
為了省錢
每次都用同樣方式進門也不好玩……
我突然心想……
靈機一動
決定來個詭異一點的進門方式
呵～呵呵
呵呵呵～
偷偷摸摸～

果然不出我所料，泡泡誤以為有壞人 開始狂吠不已。
汪汪
汪汪汪汪
汪
奇奇也大叫
噗噗
沙
沙
我這才現身!!
鏘~!!
是我啦!!
沙沙
汪汪
汪…
!!
但情緒激動的泡泡叫得更兇
嘿…泡…泡泡
汪汪汪汪
汪汪汪
泡泡!!不要叫了!!
你看清楚!!
驚
汪汪
過一會泡泡回過神，這才有點尷尬地靠了過來……
哼，看到是我了，還叫個不停!!
哼!!
拉
拉
心情受損的我……
決定以後進家門時還是不要搞怪
泡泡
我回來了!!
緩慢~
…

泡泡，
怎麼樣？
可以了嗎？
還是
再多刷幾下？
再多刷幾下～
最喜歡的
刷毛時間

不清楚泡泡
是哪一天出生的……

所以就把6月9日
定為泡泡的生日!!

譯者註：泡泡的日文名為MUKU，
日文6讀音為MU，9的讀音為KU。

變成老太太的狗

迎接東京生活第3個夏天時——
插畫方面的工作依然沒著落，持續著捉襟見肘的打工生活。
打工當資料輸入員
喀嚓 喀嚓
泡~泡~!!
砰—
我回來了~!!
我又利用暑期休假厚臉皮地回到家裡
嘰~~
嘰~~
每次見面泡泡牠都是老樣子，可是⋯
哈哈哈，你有沒有乖乖的啊？
汪汪
⋯噫？
媽~泡泡是不是變瘦了？
牠有好好吃飯沒有？
喀嚓⋯
食欲很好，吃得也很多。
就是老了，吃也吃不胖。
想想，泡泡來我們家已經進入第16個年頭⋯⋯
你本來就這麼輕嗎⋯
還是夏天的關係？
抱
就狗而言，她已經是名副其實的老太太了。
15~16歲對人類來說正是青春年華，但是⋯⋯
想來不由得心酸⋯
最近每次見到泡泡都覺得牠好像越來越「老倒縮」
⋯

2天後的早晨——
泡～泡～
嘰～
嘰～
啊，泡泡
你還在睡啊？
跟我玩!!
跟我玩!!
嘰～
嘰～
嘰～
泡泡
狗怎麼可以
這麼貪睡!?
天亮囉！
起床囉!!
咚咚
嘰～
……
嘰～
喂～
泡泡女士～!!
你到底
要睡到幾點……
拖～
泡……
泡……!?
轉～
轉
不料泡泡兩眼打轉
昏倒在狗屋裡
我們連忙把泡泡
帶到附近的獸醫那裡
嗯～
這個嘛
……
嗯～
哎呀呀……

醫生說泡泡的身體狀況很差……
打了個點滴後就叫我們回家了
眼睛倒是恢復正常了
嗚嗚，昨天還好好的呀~
怎麼會這樣
泡泡……
癱
醫生說如果無法自己進食就很難痊癒，所以我們把各種食物拿到牠嘴邊，希望牠能吃點東西……
泡泡，你看，這是你常吃的味噌湯泡飯！
要不要吃冰淇淋？
要不要喝牛奶？
還有肉乾喔
汪
泡泡吃點嘛
連喜歡的狗罐頭也不吃……
可是牠只有水進得了口……
用海綿擠水
呼嚕嚕
呼嚕嚕
那個天下第一好吃的泡泡竟然……
嗚嗚……
呼嚕嚕
呼嚕嚕
想想還有沒有泡泡願意吃的東西
泡泡最喜歡吃的東西是……
對了!!

泡泡最喜歡吃的東西是西瓜!!
每年一到夏天，牠總是把西瓜啃得只剩下薄薄的一層皮!!
唰
唰
唰
唰
因此便試著弄一些西瓜汁給牠
泡泡，這是你最喜歡的西瓜的汁喔~
嘰~
嘰~
啊
泡泡咕嚕嚕地喝了西瓜汁
咕嚕
咕嚕
咕嚕
這次只有一星期的假期……
泡泡，好乖喔！
泡泡，好棒喔！
嘰~
嘰~
幾天後就又得回去東京
偏偏這種時候……
要不要再喝一點？
我卻不能一直陪著牠……
泡泡，你要加油喔~
接下來連著幾天，我努力地弄西瓜汁給泡泡喝。
這是泡泡的很好喝很好喝的西瓜汁喔~
我為了鼓勵泡泡自創的西瓜汁歌
嘰~
嘰~

大概是西瓜汁見效了，泡泡身體恢復了一些……
泡泡！來！
有人扶著的話，可以自己站著吃飯……nnn
加油！
唰唰
抖抖
朋友來家裡探望泡泡
嗨～泡泡的身體怎麼樣？
嘰～～
嘰～～
喀嚓
勉強可以走點路了
這樣～
哇～怎麼突然老態龍鍾了!!
搖搖
晃晃
蹣跚
步履
啊，泡泡現在這樣，也許……
哇喔～!! 這是我第1次摸到牠耶!!
終於摸到了
緊貼
平常的話
嗄嗚
哇嗚～
嗚嘎～
啊～
不知道該高興還是～
對了！我用前一陣子買的單眼相機幫泡泡照照相!!
泡泡！來～看這邊！
謝謝妳
喀嚓
喀嚓
搖晃
假期就這樣在沉重心情中結束了
三重巴士
噗～
我又回到東京的生活

每天依然忙於打工……
在飯店早餐部打工
早安~歡迎光臨~
雖然很擔心泡泡……
泡泡有沒有好點？
還是老樣子吧
還可以啦
倒是妳過得好不好？
但每天都在忙碌中度過
從傍晚起是資料輸入員的工作
喀喀嚓嚓~
能和泡泡在一起的日子，或許已經剩下不多了……
喀嚓
喀嚓
喀嚓
而我卻離牠這麼遠，不能為牠做點甚麼……
唉~好累喔……
轟隆…
轟隆…
有氣無力
9點左右回家
開
噫？有信……
朋友把前些時候幫泡泡照的相片寄來給我
泡泡
哈囉~!!
寄給妳前些日子照片。
吧？

哇喔～
不愧是單眼相機!!
焦距真準!!
每一張照片都拍得好清楚!!
雖然裡面的泡泡看起來精神都很差!!
……
記得我以前曾對泡泡說過……
將來等我當上畫家，你也就有福了!!
哈哈哈
一定買很多好吃的東西給你吃，你等著吧!!
結果根本沒兌現……
滴答
哇～泡泡，對不起～再給我一點時間…
你要活久一點喔～
把照片貼出來
深切懊悔自己不爭氣的一個夜晚……

別說養泡泡⋯⋯
糟糕～
儲金簿
我在東京連自己
一個人都過得
捉襟見肘⋯⋯

喜歡吃麵包的狗

季節進入秋天
每見到別人家的狗就被深深吸引的我……
莉莉～
狗耶♥
好活潑喔…
好可愛喔啊…
想念泡泡
想念得越來越嚴重
泡泡
我回來了!!
抱抱
抱抱
有沒有乖乖的啊？
有點不正常
或許是因為天氣轉涼了，泡泡的身體也好了些。
不知道為什麼，泡泡變得食欲旺盛
真的!?
給多少就吃多少，吃得一乾二淨
從電話裡雖然不能完全了解泡泡的狀況……
不過整天就朝同一個方向繞來繞去，好像機器人一樣。
到…到底是怎樣……
但總之泡泡還是很努力地活著!!
得等到年底才有時間回去了
還有2個半月……
我也得加油才行！
開始作畫囉～
去打工囉～
報名參加插畫比賽

終於到了年底
呼~
哇~泡泡!!
我回……
到車站接我
喀嚓
來了…？
泡泡
為什麼要把繩子弄成這樣啊？
懸空~
這是為了避免泡泡被繩子纏住
汪
泡泡
聽說泡泡老是朝同一個方向轉來轉去……
蹌蹌
踉踉
不注意的話，繩子很快就會纏在一起。
繞繞
繞
※可是把繩子拿掉，牠又會跑出去
這…這件背心是？
想說穿這個應該會暖和一點，就買回來了。
HAPPY DOG LIFE?
泡泡
搖搖
晃晃
HAPPY DOG LIFE
狗屋裡還放了小電毯
泡泡
為了穿電線打的洞
為泡泡做了各種措施

直子，餵泡泡吃點麵包吧！
……麵包？
小餐包
我最近才知道其實泡泡很喜歡吃麵包!!
真的嗎……
泡泡，要不要吃麵包？
汪
汪
泡泡
微動
咬
哇ー!!
好猛喔!!
哈哈哈
給幾個牠就吃幾個
奇奇也要
啊~我也被咬到一點~
咬
咬
這麼多年來牠主要都是吃味噌湯泡飯，沒想到牠竟然那麼喜歡吃麵包……
汪
汪!!
汪!!!
咬
咬
啊~
第2個
家裡還有一個地方專門放泡泡的麵包，可見牠有多喜歡吃麵包。
……
麵包工房
蘋果麵包
泡泡專用
請勿食用
爸爸寫的條子

家人為了照顧泡泡，似乎增添了許多麻煩……
繩子雖然弄成那樣，有時還是會纏住身體
晚上有時也睡到狗屋外
得經常留意一下
有一次跑出去不見了
我們就在這附近一直找
結果是在田裡找到的
把泡泡帶回這個家的我真是過意不去，至少應該幫忙年終大掃除……
嘿咻 嘿咻
唰
唰
打掃浴室
哇~好冷喔~!!
暖和
暖和
泡泡
呼~
嘩啦
嘩啦
打掃院子
對了，你的屋裡偶爾也該打掃打掃！
來，泡泡，你出來一下。
泡
不好意思，打擾你取暖。
好…好輕喔!!
食欲雖然恢復了，但身體似乎又小了一號……
抱
儘管已經是隻老小狗……
可是好溫暖喔…♥
但卻越來越覺得這樣的泡泡好可愛
緊抱
泡泡

解開套繩

迎接新年到來——
2000年
泡泡吃麵包依然是狼吞虎嚥
泡泡，給你！
奇奇!!
不要叫啦!!
汪汪
咬咬
咬咬
美食家麵包坊
爸爸說，還是好吃的麵包店的麵包泡泡吃起來比較有胃口……
不要這種
經濟包
芳鄰麵包
要像這種
現烤麵包工坊
因此，泡泡的麵包專區也經常備有很高級的麵包。
哇這麵包真的好吃耶!!
美味小餐包
美食家麵包坊
泡泡專用 請勿食用
拿1個來吃♥
泡泡喜歡吃高級的麵包
據爸爸說這是很高級的麵包
以前從來沒買過這麼高級的麵包回來給我們吃
最近爸爸為了泡泡似乎買麵包買得很勤
氣～
美食家麵包坊
嚼嚼
這時……
糟糕!! 泡泡又!!
嗯？
才一不留意，泡泡就被繩子纏住了。
哎呀呀～
我終於親眼看到了!!
泡泡—又—繞
繞

我看這得費很大工夫才解得開
忍耐一下不要動啦!!
繩子弄成那樣，我看也沒用嘛!?
可別小看
那麼做以後泡泡被繩子纏住的次數已經少很多了!!
這回幸好發現得早，要是沒人在家時纏住了，那就太危險了……
可是，我們家的院子到處都有縫隙可以鑽出去，把繩子拿掉又怕牠亂跑出去……
搖搖
晃晃
於是把院子的縫隙都堵起來以後……
通道用柵欄圍起來
差不多這裡吧?
剛好耶
裝修陽台時剩下的欄杆
嘿咻~!!
籬笆下面就用花盆擋起來
咻咻…
決定解開泡泡的繩子，讓牠可以在院子自由活動。
好累喔
泡泡，你到處走走吧!
HAPPY DOG LIFE
哈哈哈，牠看來走得很高興。
這樣應該沒問題了吧!?
走走走…
走走…
太好了，泡泡!!
不料那天傍晚——
哎呀~!!

怎…怎麼辦!? 泡泡不見了!!
呼—
甚麼!?
搖
搖
大概是從這縫隙跑出去的
泡泡從沒有完全擋住的空隙鑽出去了
怎麼會這樣!?
於是，我們又像多年前那樣開始到處尋找泡泡
牠應該是走不了多遠的
泡泡~!!
泡泡~!!
可是，還是找不到…
噗
泡泡—
泡泡—
天黑之前還找不到的話，就糟了……
嘎—
嘎—
要是不小心跑到馬路上……
上心下心
不安
哎呀呀……
就在這時，爸爸把泡泡帶回家了。
我找到泡泡了!!

泡…泡泡，你跑去哪裡了!?
哈哈哈
哎呀～全身髒兮兮的…
我開車在這附近找……
泡泡～
看見馬路旁邊的水溝裡露出一簇咖啡色的毛……
噫？說不定……
噗～
下車跑過去一看，發現泡泡卡在裡面出不來。
泡泡!!
掙扎
掙扎
站不起來
爸爸你好厲害喔
竟然能找到泡泡
啪
啪
啪
啪
我大概知道泡泡會去哪些地方
哈哈哈
…
爸爸和泡泡……
本來就很要好，但最近似乎更加親密。
得去洗個澡才行
或者說是靈犀相通……
嗚嗚……泡泡就麻煩爸爸了
拜託了～
就這樣，我又回去東京了。
甚麼!?

到了春天——
雖然過年才剛回去老家，
泡泡…保重囉！
乖乖
春天的時候，我們一起去看櫻花吧!!
但因為我和泡泡如此約定……
泡泡，我回來了!!
砰——!!
微動
所以又跑回家了
哈哈哈，你穿新的背心耶！
好可愛喔!!
大概是因為天氣暖和了，最近泡泡的身體情況還不錯。
經常一整天在院子裡走來走去
真的!?
步履
輕捷
食欲也很旺盛
咬咬
還是吃麵包…

和泡泡一起在長椅上曬太陽……
暖洋洋
好暖和喔
暖洋洋
呵呵，泡泡看來也很舒服的樣子……
好像貓一樣♥
昏昏欲睡~
圓滾滾的小小狗、年輕有活力的壯年狗雖然也很可愛……
汪
汪
跟我玩!!
可是這種老態龍鍾…摸起來瘦骨嶙峋的感覺……
也很不錯!!
摸摸
我覺得老小狗也有老小狗的可愛
枕著泡泡其實一點也不舒服……
泡泡的毛也亂七八糟又沒光澤~
油豆腐的顏色♥
你穿這件新背心也很好看耶
嘎啦
泡泡~♥
…直子妳在做甚麼呀？

我帶牠們出去散散步
奇奇，小不點，走吧!!
路上小心
汪
汪
汪
…
腳不好走路不方便的泡泡……
現在已經無法出去散步
…
奇奇，不要叫了!!
汪
汪
汪
汪
曾經那麼喜歡散步的泡泡
嘩啦
嘩啦
散步時跳進河裡的畫面
現在不能去散步了，牠自己是不是也覺得很遺憾呢……
對了，泡泡!!
我們去公園看櫻花吧!!
於是抱著泡泡走到附近的公園
哈哈哈
啊
泡泡，你看，櫻花耶~
嘿咻
看到了嗎？

哈哈哈，泡泡看來很高興耶！
腳步輕捷
泡泡，今天真是個好日子!!
去年夏天泡泡生病的時候……
老實說，我以為牠就要上天堂了。
泡泡～!!
轉轉
現在好不容易恢復了……
泡泡你看這是甚麼!?
沙沙
我帶麵包來了!!
微動
希望這種幸福恬靜的日子
啊，是直子和泡泡……!!
你們在這裡做甚麼
這是賞櫻麵包♥
咬咬
能多持續些時日……

呼～
呼～
泡泡

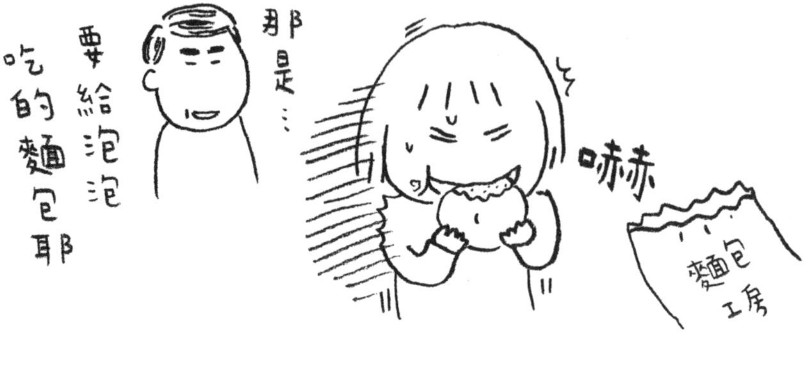
那是…
要給泡泡
吃的麵包耶
哧赤
麵包
工房

季節進入了夏天——
嘰~
嘰~
我利用盂盆節假期返家
泡…泡泡!!
渾身無力~
可是那時泡泡的身體情況已經開始惡化了
白天泡泡都待在涼爽的玄關避暑
回來了啊
是還有食欲，可是跟以前比起來差很多……
最近也越來越瘦……
緩慢~
想想泡泡去年生病的時候也正好是夏天
很瘦…
泡泡……
泡泡可能是很怕熱
泡泡，我把你最喜歡的西瓜榨成汁囉
嗡~
嗡~
要不要喝？
西瓜汁喔!!
不過，還是希望泡泡能撐過夏天……
呼嚕
呼嚕

後來，天氣終於轉涼時——
真的嗎!? 真…真是太感謝了!!
突然第一次有人找我畫連載插畫……
我得加油才行!!
讓我每天都喜孜孜的……
打工那邊的工作也很忙……
高木，妳星期六可以上班嗎？
可以的，沒問題!!
嗯，看來得等到年底才能回家了……
月曆
2000
年底回家的時候，我要跟泡泡一起窩在暖桌裡，
好溫暖喔～
麵包
泡泡
昏昏欲睡
相偎相依片刻不離……
就在年關將近的某一天……
X'mas Sale

甚麼!? 泡泡住院了!?
打顫手ー
終於接到泡泡住院的消息
有…有那麼嚴重嗎？
嗯～…已經都吃不下東西，所以就請醫生幫牠打點滴……
怎…怎麼辦？我是不是應該趕回去比較好？
哎呀呀…
可是就算妳現在趕回來也是無濟於事……
妳還是留在東京做好自己份內的事……
知道嗎？
……
泡泡……
喀嚓
離我預定回家的日子還有好幾天…
1…2…3… 4…5… 還有7天……
嗯～～…
真的很想立刻趕回去，可是……
嘩啦啦…
泡泡很堅強，一定會平安度過的……

再忍耐幾天
就可以見到
泡泡了……
泡泡…加油!!
呼~~
我這樣告訴自己……
每天期待
回鄉的日子到來
糟糕~要遲到了!!
衝
衝
對了，回家的時候給泡泡買點東京好吃的麵包。
或者是漂亮的背心
轟隆…
轟隆…
呵呵
某一天——
我回來了~
啊，有電話!
RRR
家人從泡泡住院的醫院
打電話通知我，
泡泡已經安詳地離開世間了。
就在大街上
充滿聖誕節熱鬧氣氛的
12月23日……
離我預定回家的日子
還有4天的那個夜晚

一直陪伴我的狗

12月27日
終於回到家時……
呼～
家裡已經沒有泡泡的身影
呼～
泡泡
摺好放在
狗屋上的毛毯……
……
是我以前打工時
從客戶那裡
拿回來的……
好幾次都被弄得髒兮兮的，
但還是繼續用到現在……
泡泡!!
泡泡
髒兮兮
毛毯上有很多
泡泡的毛和味道……
柔軟…
感覺有點
像泡泡……
顏色也類似
嗚嗚……
我再早幾天
回來就好了……
妳就別再自責了…
來，喝個茶吧！

泡泡去世的第2天，也就是聖誕節前夕那天，家人請寵物寺廟的和尚到家裡來……
阿彌陀佛～
阿彌陀佛～
因為工作關係，只有爸爸和姊姊2人在場陪同。
泡泡，大家都對你這麼好，
你也不枉費這一生了～
然後請和尚把泡泡帶回去
那麼，我就把牠帶走了。
一切就拜託您了
泡泡～
嗚……嗚……
儘管泡泡喜歡的項圈和背心還留在家裡……
泡泡
還有和尚寫的一張像是符咒的東西
但泡泡往生的時候，我不在牠身邊……
啊…泡泡的背心…
好小一件喔～…
氣氛沉重
因此也還感受不到牠已經離開世間的這項事實……
感覺牠好像還活著……
泡泡……

和泡泡感情最好的爸爸顯得很頹喪……
帶我去散步
汪
汪
爸爸遞給我幾張照片
對了，我忘了把這個拿給妳看。
噫…？
那是春天回家和泡泡一起……
愉快賞櫻的那天…
啊
是直子和泡泡…!!
櫻花耶～
泡泡～
爸爸在公園幫我們拍的照片……
回去拿了照相機
哈哈哈，直子、泡泡，我來幫你們照相，去那邊站好！
嘿
好，要照囉，看這邊!!
泡泡，看爸爸那邊啊!!
泡泡一直不肯看鏡頭，害爸爸照得很辛苦。
扭頭
嘿!!
泡泡!!
泡泡!!
泡泡!!
可是，再看看照片……
……

泡泡其實咧著嘴笑得挺開心的……
也和爸爸合照
想想見到泡泡的第一天，我們四目相接……
然後把牠帶回家……
家裡怎麼會有狗!?
趕快帶回去還人家!!
不…不要緊的
會有辦法的
不知不覺間已經過了16年……
我出去囉!!
泡泡
泡泡總是一直
我以後想當漫畫家
泡泡
陪伴著我……
搖 搖
我回來了!!
泡泡～

泡泡在我們家過得幸福嗎？
喜歡這個家嗎？
HAPPY DOG LIFE
謝謝你……
泡泡……
泡泡
謝謝

泡泡!!
微動
泡泡回頭看

現在也四處奔跑的狗

如今泡泡已經去世10多年了
其他的狗也相繼去世，孩子們也都各自獨立，現在家裡就只有爸媽2人。
搖擺機
嘰嘎嘰嘎
鈴木一朗 要比打～!!
從東京回家省親
呆～
看他們似乎總是無所事事……
院子裡已經沒有狗的蹤影……
嘰嘎嘰嘎
……
但狗屋卻仍然留著
完全變成雜物間了
小不點
泡泡
赤玉土
肥料
然而，沒有狗狗的院子還是感覺有些冷清。
嘰嘎嘰嘎
…
啾
啾
靜～

不過我現在依然清楚記得
撫摸泡泡時的那種觸感……味道……
乖乖～
泡泡斜眼看人的神情等等……
如今已經無從知道泡泡是如何出生的
嗚～ 嗚～
有沒有長得很像的兄弟姐妹……
汪—汪
巧比!!
舊名
之前有沒有被別的人家收養……
那一天的那時刻，為甚麼會出現在那裡……

每次到購物中心
總會不由得走去寵物區
食品服裝館
這裡
寵物館
哇～好多
好可愛的狗喔!!
心動～
經常和爸爸一起去
汪汪
我們再來養1隻狗，
好不好？
汪
好是好，
可是還要
遛狗甚麼的
也很麻煩。
嘴上雖然這麼說，可是每次都看來很想。
汪!!
如果真的要養，
要養甚麼狗好呢？
世界上可愛的狗
那麼多……
汪汪!!
汪
如果我沒有養過泡泡的話……
汪
法國鬥牛犬
(男生)
200.000日圓
狐狸犬
(女生)
150.000日圓
假設這麼多的狗狗裡面……
黃金獵犬
(女生)
165.000日圓
吉娃娃
(男生)
180.000日圓
汪汪

也有泡泡的話⋯!!
混種狗
（女生）
大特價
6,900日圓
砰—
啊！這隻狗感覺好特別!!
眼神很不友善!!
⋯
盯—
我是不是會有一種遇到真命天狗的感覺呢？
牠在看我耶!!
想像一些有的沒有的⋯⋯
啊，我記得泡泡很喜歡吃這個⋯⋯
肉乾
呵呵
拋過去牠就會跳起來接
咬
10.00
狗狗衣服
總是不禁想起泡泡
啊，這件衣服泡泡穿起來一定很好看。
好想買給牠穿
金
走囉
在路上看到長得和泡泡很像的狗，總會不由得回頭⋯⋯
啊!!
跟泡泡好像喔!!
不過⋯⋯仔細一看就一點也不像了
人家看來有氣質多了⋯
泡泡現在在哪裡在做甚麼呢？

我想牠一定像牠
脫逃成功時那樣……
泡泡!!
別跑!!
心花怒放地
在遼闊的原野上……
像風一般
自由敏捷地跑來跑去

後記

這就是我與泡泡共度16年的故事。
泡泡既不親人也不會耍把戲，
只是一隻隨處可見的混種狗，
但對我而言，牠卻是一隻可愛
又惹人憐的毛小孩。

就現在正確的寵物知識看來，
我們以前養狗的方法
有很多錯誤的地方，
不過當時還是停留在
「狗就是要吃味噌湯泡飯」的時代，
每一家的狗差不多都是這樣，
一般常情就是如此，
這點還請讀者們
多見諒。

泡泡
泡泡
泡泡～～～
我們來玩吧
泡泡泡泡～
煩人的傢伙來了…

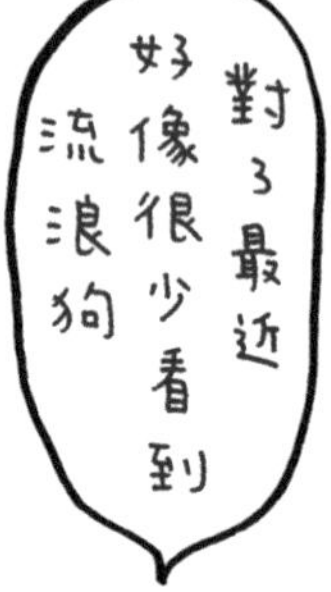
對了最近
好像很少看到
流浪狗

現在大概也很
少有狗吃味噌
湯泡飯吧？
嚼
嚼
晚年喜歡
吃麵包

我後來能有機會從事圖文書的工作，應該歸功於當時那些把課業撇在一邊傾注滿懷熱情的「交換畫冊」。
能在東京以插畫工作維生則是在泡泡去世2年半後的事。
泡泡，對不起……沒能來得及兌現我的諾言…

但是我希望泡泡能在某處為我高興「唉，她總算有點成就了。」
附帶一提的是，和泡泡感情最好的爸爸每回都很期待這部連載漫畫。

最後要由衷感謝各位讀者支持這本平凡無奇的毛小孩與主人的日常雜記!!

2012年秋天 高木直子

請繼續給予我支持與指教!!

上次回家的時候
直子，那個狗狗的連載
很有趣嘛!
真…真的?
被父親誇獎的畫面

我現在仍保留著那些歷年的交換畫冊，捨不得丟。

紙箱
很大
總有一天還是得想辦法處理…

媽媽的每一天：
高木直子手忙腳亂日記
洪俞君、陳怡君◎翻譯

媽媽的每一天：
高木直子陪你一起慢慢長大
洪俞君◎翻譯

最新作品

媽媽的每一天：
高木直子東奔西跑的日子
洪俞君◎翻譯

再來一碗：
高木直子全家吃飽飽萬歲！
洪俞君◎翻譯

已經不是一個人：
高木直子 40 脫單故事
洪俞君◎翻譯

台灣出版16週年
全新封面版

150cm Life
洪俞君◎翻譯

150cm Life ②
常純敏◎翻譯

150cm Life ③
陳怡君◎翻譯

一個人出國到處跑：
高木直子的海外
歡樂馬拉松
洪俞君◎翻譯

一個人邊跑邊吃：
高木直子呷飽飽
馬拉松之旅
洪俞君◎翻譯

一個人去跑步：
馬拉松 1 年級生
洪俞君◎翻譯

一個人去跑步：
馬拉松 2 年級生
洪俞君◎翻譯

一個人吃太飽：
高木直子的美味地圖
陳怡君◎翻譯

一個人和麻吉吃到飽：
高木直子的美味關係
陳怡君◎翻譯

一個人暖呼呼：
高木直子的鐵道溫泉秘境
洪俞君◎翻譯

一個人到處瘋慶典：
高木直子日本祭典萬萬歲
陳怡君◎翻譯

一個人去旅行
1 年級生
陳怡君◎翻譯

一個人去旅行
2 年級生
陳怡君◎翻譯

一個人搞東搞西：
高木直子閒不下來手作書
洪俞君◎翻譯

一個人好孝順：
高木直子帶著爸媽去旅行
洪俞君◎翻譯

一個人做飯好好吃
洪俞君◎翻譯

一個人好想吃：
高木直子念念不忘，
吃飽萬歲！
洪俞君◎翻譯

一個人的第一次
常純敏◎翻譯

一個人住第 5 年
（台灣限定版封面）
洪俞君◎翻譯

一個人住第 9 年
洪俞君◎翻譯

一個人的狗回憶：
高木直子到處尋犬記
洪俞君◎翻譯

一個人上東京
常純敏◎翻譯

一個人漂泊的日子①
陳怡君◎翻譯

一個人漂泊的日子②
陳怡君◎翻譯

我的 30 分媽媽
陳怡君◎翻譯

我的 30 分媽媽②
陳怡君◎翻譯

TITAN 093

一個人的狗回憶

高木直子到處尋犬記【想念泡泡版】

洪俞君◎翻譯　陳欣慧◎手寫字

填寫線上回函❤
送小禮物

出版者：大田出版有限公司
台北市104中山北路二段26巷2號2樓
E-mail：titan@morningstar.com.tw
http：//www.titan3.com.tw
編輯部專線（02）25621383
傳真（02）25818761
【如果您對本書或本出版公司有任何意見，歡迎來電】
行政新聞局版台業字第397號
法律顧問：陳思成律師

總編輯：莊培園
副總編輯：蔡鳳儀
行銷編輯：張筠和
行政編輯：鄭鈺澐
編輯：葉羿妤
校對：蘇淑惠 / 洪俞君
初版：二〇一三年七月三十日
想念泡泡版　初刷：二〇二三年八月十二日
想念泡泡版　二刷：二〇二三年十月二十六日

網路書店：http://www.morningstar.com.tw（晨星網路書店）
讀者專線：04-23595819 # 212　FAX：04-23595493
購書E-mail：service@morningstar.com.tw
郵政劃撥：15060393（知己圖書股份有限公司）
印刷：上好印刷股份有限公司

定價：新台幣 360元
國際書碼：ISBN 978-986-179-817-2 / CIP：861.67 / 112008652

大田 FB　　大田 IG